PRINCE OF PERSIA
DER SAND DER ZEIT

ROMAN ZUM FILM

Adaption: James Ponti
Nach dem Drehbuch von Boaz Yakin und Doug Miro
& Carlo Bernard
Basierend auf einer Geschichte von
Jordan Mechner
Ausführende Produzenten:
Mike Stenson, Chad Oman, John August,
Jordan Mechner, Patrick McCormick, Eric McLeod
Produziert von Jerry Bruckheimer
Regie: Mike Newell

Parragon
Bath • New York • Singapore • Hong Kong • Cologne • Delhi • Melbourne

Die deutsche Ausgabe erscheint bei
Parragon Books Ltd
Queen Street House
4 Queen Street
Bath BA1 1HE, UK

Realisation der deutschen Ausgabe: trans texas publishing, Köln
Übersetzung: Susanne Lück, Köln

ISBN 978-1-4075-6015-1
Printed in UK

PROLOG

Es war einmal ein schroffes Land, in dem wenige überlebten und das keiner regierte. Nur durch kühn geführte Schwerter und die schiere Kraft des Willens erhob sich ein Königreich aus seinem Staub.

Dieses Reich war Persien.

Gegen Ende des sechsten Jahrhunderts erstreckte sich das Persische Reich viele Tausend Meilen weit von der Mittelmeerküste bis hin zu den chinesischen Steppen. Seine Krieger waren unerschrocken, seine Führer weise und siegreich. Doch ein Reich ist nur so stark wie seine Prinzen – die jungen Männer, die es zukünftig einmal regieren werden.

Einer dieser jungen Männer war Sharaman, der persische Kronprinz. Er sollte eines Tages den Thron seines Vaters erben. Sharaman kannte seine Bestimmung und war entschlossen, sich all jene Fertigkeiten anzueignen, die ihn zu einem großen König machen würden. Er wurde von den besten Gelehrten des ganzen Landes unterrichtet und von den tapfersten Soldaten im Kampf ausgebildet. Durch Gebete und Meditation im Tempel reinigte er seine Seele, und er schulte seinen Mut auf der Jagd in der Wüste, die vor den Mauern der Königsstadt Nasaf lag. Er wusste, diese Fähigkeiten würden ihm helfen. Was er aber nicht ahnen konnte, war, dass ein einziger Tag bald das Blatt für so viele Schicksale im Reich wenden sollte.

An diesem Tag pirschte sich Sharaman lautlos an eine Wüstenantilope heran. So sehr war er auf das Tier konzentriert, dass er die Löwin nicht bemerkte, die sich in derselben Zeit an ihn heranschlich. Als Sharaman ihr Gebrüll vernahm, war es bereits zu spät.

Die Löwin stürzte sich auf Sharaman. Und der wäre auch sicher umgekommen, hätte sich sein jüngerer Bruder Nizam nicht dazwischengeworfen und das Raubtier mit seinem Speer getötet.

Ein selbstloser Einsatz – denn hätte Nizam seinen Bruder nicht gerettet, dann hätte er seinen Platz in der Thronrangfolge eingenommen und wäre eines Tages selbst Herrscher über das ganze Reich geworden.

Stattdessen bestieg nun aber Sharaman rechtmäßig den Thron, und Nizam wurde sein vertrauter Ratgeber. Auf ewig verbunden durch den Moment der gemeinsam bestandenen höchsten Gefahr kämpften der junge König und sein Bruder fortan Seite an Seite um die Vergrößerung ihres Reichs.

Auch die Familie des Königs wuchs und gedieh. Seine Söhne Tus und Garsiv bereiteten ihm viel Freude. Doch die Familie war noch nicht vollzählig …

KAPITEL 1

Die Luft war erfüllt von fauligem Gestank. Verströmt wurde dieser von einem riesigen Abfallhaufen am Rande Nasafs. Dort lagerte der Müll der gesamten Stadt. Und die ärmsten Waisenkinder rauften sich dort um essbare Überreste.

Eins dieser Kinder war Dastan.

Mit seinen stahlblauen Augen prüfte er die Müllhaufen, bis er ein altes Stück Fleisch erspähte. Unzählige Fliegen tummelten sich darauf, doch es kam einer Mahlzeit näher als alles, was Dastan seit Tagen zu Gesicht bekommen hatte. Als er es gerade aufhob, stürzten sich drei andere Jungen auf ihn und versuchten, ihm seine Beute wieder abzujagen.

Sie hielten inne, als aus der Nähe der Ruf „Botenjunge“ erklang.

Im Handumdrehen waren Dastan und die anderen von dem Abfallhaufen heruntergeklettert und auf den Ladenbesitzer zugelaufen, der nach ihnen gerufen hatte. Mit einem Päckchen in der Hand, das einer von ihnen ausliefern sollte, stand er da und beäugte die Jungen misstrauisch.

„Du bist doch der Schnellste unter euch kleinen Ratten“, wandte er sich dann an Dastan.

Dastan nickte selbstsicher und forderte: „Deshalb wirst du auch erst zahlen.“

Der Ladenbesitzer starrte ihn mit gerunzelter Stirn an, gab dann aber nach. Er händigte Dastan das Päckchen und eine Münze aus.

Augenblicke später lief Dastan durch Nasaf. Eigentlich lief er über Nasaf hinweg, denn anstatt sich einen Weg durch die überfüllten Straßen zu bahnen, nahm der den Weg über die Dächer. Furchtlos sprang er von einem Haus zum anderen. Weil er das konnte, war er den anderen an Schnelligkeit überlegen.

Er lieferte das Päckchen an einen kleinen Laden aus, in dem frische Äpfel feilgeboten wurden. Im Gegensatz zu den Abfällen, die Dastan gewohnt war, sahen sie sauber und reif aus. Mit einer lässigen Bewegung warf er eine Münze über den Ladentisch und griff nach einem Apfel. Doch bevor er hineinbeißen konnte, hörte er Lärm auf der Straße.

Neugierig lief Dastan ins grelle Sonnenlicht hinaus, wo gerade ein Trupp persischer Soldaten den Marktplatz überquerte. Ihre glänzenden Uniformen sahen beeindruckend aus, besonders die des Hauptmanns, der den Fußtrupp hoch zu Ross auf einem großen Hengst anführte.

Ein Junge namens Jusef spielte in der Nähe und rannte dabei dem Hauptmann direkt vors Pferd. Der Hengst scheute und warf seinen Reiter ab, der unsanft auf der schmutzigen Straße landete.

Als der Hauptmann sich wieder hochgerappelt hatte, starrte seine Uniform vor Dreck. Wutentbrannt packte er Jusef und schlug ihm ins Gesicht. Immer heftiger prügelte er auf den Jungen ein, bis jemand aus der Menge hervortrat und forderte: „Stopp!"

Der Hauptmann wandte sich um und entdeckte … Dastan.

„Was", dachte er, „dieses Kind wagt es, mir ein Verbot erteilen zu wollen?" Lachend schlug er Jusef erneut.

Dastan zögerte nicht lange, sondern schleuderte dem Mann seinen Apfel direkt an den Kopf. Der Hauptmann fand das gar nicht mehr lustig. Stattdessen richtete er seine Wut nun gegen Dastan: „Du dreckiger kleiner Lump!"

„Wenigstens hab ich mich nicht in Pferdeäpfeln gewälzt", gab Dastan schlagfertig zurück.

Die Umstehenden lachten, was den Hauptmann noch wütender machte. Er wollte sich auf Dastan stürzen. „Lauf!", schrie Dastan

Jusef zu, und die Jungen rannten los. Am Rand des Marktplatzes half Dastan Jusef, auf das Dach eines Ladens zu klettern, und sie liefen den Soldaten über die Dächer davon. Doch da glitt Jusef auf einem Dachziegel aus. Er wäre auf die Straße hinabgestürzt, wenn Dastan ihn nicht noch aus der Luft aufgefangen hätte.

Dastan hielt Jusef mit einer Hand und sich selbst mit der anderen an einem Gitter fest. Dabei baumelten sie gefährlich über den Dachgiebel des hohen Gebäudes hinab.

Dastan nahm all seine Kraft zusammen und schwang Jusef nach oben aufs Dach zurück. Doch dabei löste sich das Gitter, und Dastan stürzte kopfüber auf die Straße.

Unten rappelte er sich sofort hoch und wollte wieder hinaufklettern – doch zu spät. Innerhalb von Sekunden war er von den Soldaten umringt, die ihn unten verfolgt hatten. Es gab kein Entrinnen.

Der Hauptmann zerrte Dastan zurück zum Marktplatz. „Seht, wie der König diejenigen bestraft, die seine Armee nicht achten!“, rief er der Menge zu, die sich um sie herum versammelt hatte.

Zwei Soldaten zwangen Dastan in die Knie und drückten seinen Arm mit Gewalt nieder.

„Im Namen des Königs …“, verkündete der Hauptmann und hob sein Schwert, um Dastan die Hand abzuschlagen.

Doch da wurde es plötzlich still auf dem Marktplatz. Der Hauptmann sah überrascht auf. König Sharaman selbst war auf seinem wunderschönen schwarzen Hengst Aksh herangeritten.

Die Soldaten ahnten nicht, dass der König das ganze Geschehen von einer nahe gelegenen Gasse aus unerkannt beobachtet hatte. Nun, da er sich zu erkennen gegeben hatte, verneigte sich jedermann vor ihm – mit einer Ausnahme. Dastan stand hoch erhobenen Hauptes da und sah ihn an.

„Hast du gar keine Angst vor mir?“, wollte der König – eher neugierig als verärgert – wissen.

Dastan nickte. „Doch, Herr. Aber wenn ich meine Hand verlieren soll, will ich dem Mann, der sie mir nimmt, in die Augen sehen."

Anders als der Hauptmann, den Dastans Wagemut nur zornig gemacht hatte, war der König beeindruckt. Dieser Junge verhielt sich edel und mutig – zwei Eigenschaften, für die der König große Bewunderung hegte.

„Wie heißt du?", fragte er.

„Dastan, Herr", antwortete der Junge.

„Und wer sind deine Eltern?"

Beschämt sah Dastan zu Boden, und Sharaman verstand, dass er keine Eltern hatte.

In diesem Moment erkannte der König in Dastan, einem einfachen Straßenjungen ohne königliches Blut, die Chance auf einen Sohn, der nicht nur auf seinen Thron schielen würde. Einen Sohn, dem er immer würde vertrauen können. Er nahm Dastan als Mitglied der königlichen Familie zu sich, als seinen dritten und jüngsten Sohn – den Prinzen von Persien.

KAPITEL 2

Zwölf Jahre später …

Ein Sandsturm fegte durch die Wüste; die enorme Staubwolke, die er aufwirbelte, verdunkelte den ganzen Himmel. Doch hier war keine Naturgewalt am Werk – der Sturm wurde von etwas noch Tödlicherem und Mächtigerem als Wetter und Wind verursacht.

Plötzlich brach ein Reitertrupp durch den Dunst. Die rot-goldenen Standarten König Sharamans wehten stolz vorweg. Am Ende der Wüste angekommen machten die Soldaten halt. Hinter ihnen legte sich die Staubwolke langsam und gab den Blick auf eine endlose Schar Krieger, Waffen und Vorräte frei, die sich von Horizont zu Horizont erstreckte: das persische Heer.

Es wurde von Sharamans Söhnen kommandiert. Dastan und seine Brüder waren zu Männern herangewachsen, die sehr unterschiedliche, aber ebenbürtige Eigenschaften des Königreichs repräsentierten.

Der besonnene Tus war der Kopf und das Hirn des Reichs. Als Kronprinz würde ihm eines Tages die Krone gehören. Genau wie sein Vater tat Tus alles, um das zu erlernen, was ihn zu einem weisen Regenten machen würde. Er versuchte, seine Entscheidungen vernünftig zu begründen, und ließ sich häufig von seinem Onkel Nizam Ratschläge erteilen.

Der hitzköpfige Garsiv stand für die pure Kraft des Reichs. Er wusste, dass er eines Tages dafür würde sorgen müssen, dass die Entscheidungen, die sein Bruder als König fällte, auch ausgeführt würden. Er war begierig auf Kampfesruhm und stets dazu bereit, seine ganze Wut auf alles und jeden zu richten, der sich dem Reich als Bedrohung zeigte.

Der kühne Dastan war das Herz des Reichs. Er war ein Prinz und dennoch ein Mann des Volkes. Er führte einen Trupp Soldaten an, die wie er selbst einmal Straßenkinder gewesen waren. Den Männern unter seinem Kommando war er ebenso herzlich zugetan wie seinen Brüdern. Am meisten verehrte Dastan aber seinen Vater König Sharaman, der damals als Erster seine innere Größe erkannt hatte.

Nach dem langen Marsch von Nasaf hatte das Heer nun sein Ziel erreicht. Während die Soldaten ihr Lager aufschlugen, begutachteten drei Männer in königlicher Uniform etwas abseits die ihnen unbekannte neue Landschaft: ein fruchtbares grünes Tal, das sich vor ihren Füßen bis zu nebelverhangenen Bergen in der Ferne erstreckte.

Im Tal lag hinter dicken Mauern die herrliche Stadt Alamut.

Der Anführer des Trios war Tus. Seine goldene Uniform glänzte im Licht der untergehenden Sonne. „Noch überwältigender als ich es mir vorgestellt hatte“, sagte er leise, doch sein Lob wurde mit sorgenumwölkter Miene vorgetragen.

„Lass dich von der Schönheit nicht blenden“, warnte ihn sein erfahrener Onkel Nizam. „Es ist eine Stadt wie jede andere.“ Der alte Mann wusste, dass es nun seine Pflicht war, dem Kronprinzen bei der richtigen Entscheidung zu helfen.

Der Dritte im Bunde war Garsiv, und er rückte bereits den Brustpanzer seiner schwarzen Rüstung zurecht, als ob er sich für einen Kampf vorbereitete. Wenn er auf die Stadt Alamut hinabsah, sah er keine Schönheit, sondern nur mögliche Angriffsrouten. „Sanfte Länder bringen weiche Männer hervor“, bemerkte er kalt. „Das führt zu Verrat, und dafür müssen sie büßen.“

„Vielleicht“, gab Tus nachdenklich zurück. „Aber Vater hat klar und deutlich angeordnet, dass Alamut nicht angerührt wird. Viele halten die Stadt für heilig.“

Garsivs Miene verdüsterte sich. „Der König verbringt mittlerweile mehr Zeit mit Beten als mit Kämpfen“, sagte er. „Vielleicht weiß er nicht mehr, was gut für uns ist.“

„Genug“, gebot ihm Nizam. „Dein Vater hat dem Reich mehr Ehre gemacht, als eine Wüste füllen würde.“

Betreten senkte Garsiv den Blick.

„Da unser weiser Vater nicht hier ist, liegt die Entscheidung bei mir“, erinnerte Tus die beiden. „Ich werde mich mit meinem edlen Onkel und meinen beiden Brüdern zu einer letzten Beratung zurückziehen“, erklärte er und bemerkte erst jetzt, dass sein jüngster Bruder gar nicht bei ihnen war. Er sah sich um, konnte ihn aber nirgends entdecken. „Wo ist Dastan?“

In einem notdürftig errichteten Ring maßen sich zwei Männer in einer alten östlichen Kampfkunst. Während sie mit Knüppeln aufeinander einschlugen, wurden sie von den Zuschauern mit Jubel und Pfiffen begleitet – je nachdem, auf wessen Sieg diese gesetzt hatten.

Einer der beiden Kämpfer namens Roham war in Größe und Kraft deutlich im Vorteil, aber sein Gegner widersetzte sich ihm mit außerordentlicher Entschlossenheit. Die umstehenden Soldaten feuerten die beiden immer stärker an. Erst das Eintreffen eines Boten, der Dastan ausrief, machte dem Kampf ein Ende. Der kleinere der beiden Kämpfer lächelte dem Boten zu. Sein stahlblauer Blick war unverwechselbar – hier stand Dastan.

„Bitte, Euer Hoheit“, begann der Bote, „Prinz Tus hat den Kriegsrat einberufen.“

Dastan nickte. Es war Zeit, wieder ein Prinz zu sein. Er ließ seine Knüppel fallen, schlüpfte rasch in die königliche Offiziersuniform und zuckte nur kurz vor Schmerz zusammen, als sein treuer Leutnant Bis die Rüstung über den frischen Verletzungen enger zog.

Bis nickte den Umstehenden zu. „Wie steht es mit den Wetten?“, fragte er. Dastan rieb seine schmerzende Schulter. „Bezahl sie alle“, befahl er, was stürmischen Beifall erntete.

„He, Bis, sag mal …“, flüsterte er und prüfte seinen Mund von innen mit der Zunge. „Hab ich noch alle Zähne?“

Kurz darauf betrat Dastan das Zelt, in dem der Kriegsrat tagte. „Er hat sich schon wieder mit den gewöhnlichen Soldaten geprügelt“, beschwerte sich Garsiv, als er Dastan entdeckte.

„Roham ist alles andere als gewöhnlich“, lachte Dastan. „Er schlägt zu wie ein Maultier. Auch als Koch ist er gar nicht übel.“

„Lass dich von denen schlagen“, ermahnte Garsiv ihn böse, „und sie verlieren den Respekt vor uns allen.“

„Soll mir recht sein“, gab Dastan trotzig zurück, „nur Feiglinge regieren durch Angst.“

Nizam hob die Hand, um die jungen Männer zur Ruhe zu bringen. Es gab viel zu besprechen, und für Rivalitäten war keine Zeit.

„Ihr zwei seid Brüder und Prinzen“, ermahnte er sie, „spart eure Wut für Alamut auf.“

Das ließ Dastan aufhorchen. „*Alamut*?“, fragte er überrascht. „Aber der König …“

Sie alle wussten, dass Sharaman sie angewiesen hatte, die Stadt nicht anzugreifen. Aber die Lage hatte sich geändert. „Der König weiß nichts hiervon“, sagte Tus und deutete auf einen Mann, der in der Ecke des Zeltes saß.

Dastan sah den Mann prüfend an. Er hatte blassblaue, kalte Augen und öffnete jetzt zwei riesige Truhen, in denen sich ein ganzes Arsenal tödlicher Waffen befand.

„Unser bester Spion hat eine Karawane aufgehalten, die aus Alamut kam und diese Waffen an unsere Feinde in Koshkhan ausliefern sollte“, erkläre Nizam. „Exzellent geschmiedete Schwerter und Pfeile mit Stahlspitzen.“

Tus gab Dastan einige Pergamentrollen. „Ein Zahlungsversprechen des Kriegsherrn

Kosh an Alamut“, sagte er. „Sie verkaufen unseren Gegnern Waffen!“

Garsiv zog einen gestählten Pfeil aus dem Waffenhaufen heraus. „Solch ein Pfeil hat bei der Schlacht von Koshkhan mein Pferd getötet“, rief er. „Dafür soll in Alamuts Straßen Blut fließen.“

„Oder zu viele persische Soldaten fallen tot von der Stadtmauer“, entgegnete Dastan warnend.

„Worte allein werden unsere Feinde kaum aufhalten, wenn sie einmal mit Klingen aus Alamut versorgt sind“, gab Nizam zu bedenken. Wie man es ihn gelehrt hatte, lenkte er das Gespräch, ohne Tus etwas von dessen Entscheidungsgewalt zu nehmen.

Tus nickte. Er hatte sich entschieden. „Wir greifen bei Morgengrauen an“, verkündete er.

Dastan hielt den Mund. Es war nicht das, was sein Vater gewollt hätte. Doch wenn Dastan den Angriff auch nicht aufhalten konnte, so musste es doch einen Weg geben, um das Blutvergießen zumindest einzudämmen.

„In diesem Fall“, sagte Dastan, „erbitte ich die Ehre des Eröffnungsschlages.“

Garsiv schnaubte. „Ich reite an der Spitze des persischen Heers“, erinnerte er sie. „Dastan führt nur einen Haufen Straßenköter an. Die Ehre des ersten Blutvergießens gebührt mir.“

Nach seiner Gewohnheit ließ Tus seine Kette mit Gebetsperlen durch die Finger gleiten, während er überlegte. „Es heißt, die Prinzessin von Alamut sei eine Schönheit ohne Gleichen“, sagte er. „Wir werden in ihren Palast einmarschieren und uns persönlich davon überzeugen.“ Er machte eine kurze Pause. „An deinem Mut zweifelt niemand, Dastan“, fuhr er fort, „aber für eine Offensive dieser Bedeutung bist du noch nicht bereit. Garsivs Kavallerie führt uns in die Schlacht.“

Tus und Garsiv lächelten zufrieden, und auch Nizam nickte zustimmend.

Nur Dastan gab ungern nach. Er hatte seine Brüder nicht davon überzeugen können, die Stadt zu verschonen, aber vielleicht gab es noch einen anderen Weg ...

* * *

In dieser Nacht vollführte Dastan eine wagemutige Attacke gegen Alamut.

Statt die Festung direkt anzugreifen, wie es Garsiv beabsichtigte, hielt Dastan einen taktischen Vorstoß für wirksamer. Er versammelte seine Truppe um sich und ging mit den Männern seinen Plan durch. Als jeder wusste, was er zu tun hatte, erklomm Dastan mit Blitzgeschwindigkeit Alamuts Außenmauern. Seine angeblichen „Straßenköter“ folgten ihm.

„Erklärt mir, warum wir uns dem Befehl Eures Bruders widersetzen“, bat ihn Bis.

„Weil Garsivs Direktangriff auf ein Massaker hinauslaufen wird“, antwortete Dastan.

Bis dachte kurz nach. Er wusste, dass Dastan es ernst meinte. Aber er kannte ja auch die Rivalität zwischen den Brüdern.

„Und Ihr seid sicher, das ist der einzige Grund?“, hakte er nach.

Dastan sah Bis an, als wolle er sagen: „kein Kommentar“.

Im Schutz der Nacht schaltete Dastan mit seinen Leuten die meisten Verteidigungsanlagen der Stadt aus. Im ersten Licht der Morgendämmerung hatten sie die Stadttore unter Kontrolle. Dastan öffnete das Tor und schwenkte seine Signalfackel, damit das anrückende Heer ihn bemerkte.

Tus hörte in seinem Zelt, wie die Männer sich in die Schlacht stürzten. Er trat ins Freie und sah auf Alamut hinunter.

„Er ist schon drin", rief Tus verblüfft seinen Hauptmännern zu. „Alle Mann zum Osttor!"

Garsiv schlug wutentbrannt mit der Faust auf den Tisch. Den ersten Angriff würde er nun nicht mehr führen können – die Schlacht war bereits in vollem Gang, und er konnte nichts mehr tun, als mitzuziehen.

KAPITEL 3

Seit über tausend Jahren hatten die Mauern, die die Stadt Alamut umgaben, jedem Eindringling standgehalten. Doch einem so mächtigen Gegner wie dem persischen Heer hatten sie noch nie trotzen müssen. Von dem Moment an, da Prinzessin Tamina, die weithin gerühmte Schönheit, die ihre Stadt regierte, die Soldatenmassen vor den Stadttoren das Lager aufschlagen sah, wusste sie, dass Alamut diesem neuen Ansturm kaum würde widerstehen können.

In Alamuts Großem Tempel beriet sich Tamina mit dem Ältestenrat. Als die Nachricht vom Angriff sie erreichte, war sie tief im Gebet versunken.

„Die Perser sind durchs Osttor eingedrungen!“, meldete ihr ein Soldat atemlos.

Der Ältestenrat war starr vor Schreck. Die Prinzessin aber wusste genau, was zu tun war.

„Blockiert alle Zugänge zur Kammer“, befahl sie ruhig, und der Soldat lief los, um ihre Order auszuführen.

„Geht jetzt alle“, wies sie nun auch die Ratsmitglieder an, damit sie sich auf den Kampf vorbereiten konnten.

Bald war außer ihr nur noch Asoka im Raum. Asoka war der stärkste und mutigste Krieger in ganz Alamut, doch er würde sich nicht an der Schlacht beteiligen. Er hatte eine viel wichtigere Aufgabe und blieb ruhig neben der Prinzessin stehen, die sich hinkniete und ihre Stirn auf den Boden presste.

Als sie mit ihrem Gebet begann, rumorte es im Tempel, und bald erstrahlte ein heller Schein direkt vor ihr, wo sich eine Säule zu einem versteckten Raum hin öffnete.

Tamina stand auf und betrat den Raum. Dort schlug sie einen Gegenstand in ein besticktes Tuch ein und übergab ihn mit besorgtem Blick an Asoka.

„Du weißt, was zu tun ist", sagte sie knapp.

Asoka nickte und wiederholte den Befehl, den er schon immer befolgte: „Es muss unter allen Umständen geschützt werden."

Asoka lief vom Tempel aus durchs Chaos in den Straßen. Die Kämpfe fanden überall statt, wohin er sich auch wandte.

Alamut hatte sich immer auf seine starken und schützenden Mauern verlassen. Aber Dastans List hatte sie außer Gefecht gesetzt. Die persische Armee innerhalb der Stadtgrenze würde die Stadt nun zahlenmäßig einfach überrollen.

Es gab keine Zeit zu verlieren. Asoka spurtete durch Tunnel und Höfe, verschwand in winzigen Gässchen und kam schließlich bei den Ställen des Königshofes an. Rasch bestieg er einen Hengst in voller Rüstung und wollte sich eben auf den Weg in die Freiheit machen, als sich ihm jemand in den Weg stellte – Prinz Dastan.

Dastan zückte sein Schwert und Asoka seinen Krummsäbel. Der Klang von Metall auf Metall erfüllte die enge Gasse. Asoka hatte auf seinem Pferd einen klaren Vorteil, und Dastan sah sich nach einer Möglichkeit um, die Oberhand zu gewinnen. Mit erstaunlichem Geschick schwang er sich in vollem Lauf an der Mauer hoch und sprang dann Asoka von hinten an, wobei er ihn vom Pferd stieß.

Unten entbrannte ein Schwertkampf auf Leben und Tod zwischen dem besten Kämpfer von Alamut und dem besten in ganz Persien. Sie wandten und drehten sich mit atemberaubender Geschwindigkeit und landeten beide etliche Treffer. Der Ausgang schien lange ungewiss, doch dann gelang es Dastan, Asoka zu verwunden und zu Boden zu zwingen.

Das Bündel, das Asoka bei sich getragen hatte, entglitt ihm und rutschte über den

Boden. Asoka griff danach, aber Dastan war schneller.

Er hob es auf und schlug das bestickte Tuch zurück. Darin lag ein mit Edelsteinen besetzter Dolch. Sein gläserner Griff war mit Sand gefüllt, der zu leuchten schien. Der Prinz lächelte und steckte sich den Dolch als Siegestrophäe in den Gurt. Dann lief er weiter zum Palast und ließ Asoka in der Gasse zurück.

KAPITEL 4

Das Heer des Königs hatte die volle Herrschaft über Alamut erlangt. So wie Tus es vorausgesagt hatte, marschierten die drei Prinzen nun in den Palast ein, um Prinzessin Tamina von Angesicht zu Angesicht zu begegnen.

Sie fanden sie im Großen Tempel mit dem Rücken zu ihnen. Trotz all der Zerstörung um sie herum bewahrte die Prinzessin ihre königliche Haltung. Sie intonierte laut ein Gebet, bis Garsiv vortrat und eine Weihrauchschale umstieß.

„Alberne Lieder und Duftrauch helfen Euch jetzt auch nicht mehr", knurrte er.

Schnell wie der Blitz hatte Tamina sich mit einem Messer in der Hand umgewandt und wollte sich schon auf Garsiv stürzen, als Nizam sie am Handgelenk packte.

„Vielleicht hat sie doch etwas mehr als das zu bieten“, ermahnte Nizam seinen Neffen.

Tus trat heran und lüftete vorsichtig mit der Schwertklinge den Schleier über dem Gesicht der Prinzessin. Sie war tatsächlich noch viel schöner, als sie es sich vorgestellt hatten.

„Ausnahmsweise haben die Gerüchte einmal recht“, verkündete Tus.

Dastan kam herein, immer noch atemlos vom Kampf gegen den Elitekrieger. Als er Tamina entdeckte, blieb er wie angewurzelt stehen, so sprachlos machte ihn ihre edle Gestalt.

Nizam aber hatte keine Skrupel, seine Stimme zu erheben.

„Wir wissen, dass Ihr heimlich Waffen für Gegner des persischen Reichs baut“, warf er ihr vor.

„Wir haben hier keine geheimen Waffenschmieden“, erwiderte Tamina trotzig. „Was immer wir an Waffen besessen haben, Ihr habt sie bezwungen.“

„Unsere Spione sagen etwas anderes“, schnaubte Garsiv. „Ihr könnt Euch viel Schmerz ersparen, wenn Ihr …“

Sie unterbrach ihn: „Aller Schmerz der Welt hilft Euch nicht, etwas zu finden, das es gar nicht gibt.“

Der Raum verstummte kurz.

„Das war weise gesprochen. Ihr scheint eine politische Lösung zu suchen“, bemerkte Tus schließlich. Er bot ihr die ausgestreckte Hand. „Kommt und reicht Persiens nächstem König die Hand.“

„Eher sterbe ich“, erwiderte Tamina.

Das war eine enorme Kränkung für Tus. Zornig schrie er sie an: „Ganz wie Ihr wollt!“

Der Prinz gab seiner persönlichen Wache ein Zeichen, und der Mann zückte sofort sein Schwert und drückte ihr die Klinge an den Hals.

Dastan wollte sie instinktiv beschützen. Als er nach seiner neu erbeuteten Waffe griff, sah die Prinzessin den Dolch, und ihr wurde schmerzhaft bewusst, dass Asoka ihn nicht aus der Stadt und in Sicherheit hatte bringen können.

„Wartet", rief sie in höchster Not, und Tus zog erstaunt die Augenbrauen hoch. „Schwört mir, dass die Menschen in Alamut mit Gnade behandelt werden."

Tus begann wieder seine Gebetsperlen zu rollen. Er dachte nach. Dann lächelte er und ließ die Wache das Schwert herunternehmen. Diesmal nahm Tamina die ihr dargebotene Hand.

Dastan spürte dabei einen sonderbaren Stich. Die Eroberung von Alamut würde sie viel kosten – in mehr als einer Hinsicht.

Später liefen Dastan und Bis durch das provisorische Lager, das die Perser in Alamut errichtet hatten. Die Pferde der berittenen

Krieger standen neben den Zelten, die als Versorgungsstationen für die Verwundeten eingerichtet worden waren. Auf ihrem Weg begegneten ihnen immer wieder Soldaten, die Dastan Anerkennendes zuriefen oder ihm auf die Schulter klopften. Er lächelte und scherzte mit ihnen, bis ihn plötzlich eine Stimme aufhielt. Es war Tus.

„Sie nennen dich den Persischen Löwen", sagte der Kronprinz. „Und du warst nie besonders gut im Befolgen von Befehlen."

Dastan nickte. „Tus, ich muss einiges erklären."

Aber Tus grinste breit. „Nein", meinte er lachend und legte den Arm um seinen kleinen Bruder. „Wir müssen einiges *feiern*!"

Dastan war erleichtert. Er hatte Garsiv um die Ehre des ersten Angriffs gebracht – aber man hatte ihm vergeben. Zumindest Tus. Dastan ahnte, dass Garsiv nicht ganz so großzügig reagieren würde.

„Doch die Tradition soll auch zu ihrem Recht kommen", erinnerte ihn der Kronprinz.

„Da du dir die Ehre des Erstschlags zu Unrecht angeeignet hast, schuldest du mir ein Stück Beute als Gabe der Ehrbezeigung." Tus deutete auf den juwelenbesetzten Dolch in Dastans Gurt. Der zuckte die Achseln und wollte ihm den Dolch geben, als die beiden von ihrem Onkel unterbrochen wurden.

„Er hat dir die Stadt und ihre Prinzessin ausgeliefert", ermahnte Nizam Tus. „Ich denke, das ist Ehrbezeigung genug."

Tus betrachtete den Dolch noch einmal und erwog seinen Wert. „Ich schätze, das stimmt", gab er schließlich nach.

Dastan warf seinem Onkel ein dankbares Lächeln zu und nahm den Dolch wieder an sich.

„Die ersten Boten sind soeben eingetroffen", teilte Nizam ihnen nun mit. „Und es gibt gute Neuigkeiten. Euer Vater hat seine Gebete unterbrochen und wird sich zu uns gesellen. Er wird morgen vor Sonnenuntergang hier sein."

KAPITEL 5

Die drei persischen Prinzen standen im Palasthof und erwarteten gehorsam die Ankunft ihres Vaters. Er würde auf ihre Eroberung von Alamut bestimmt trotz allem stolz sein! Doch als der König auf seinem Hengst Aksh heranritt, sah er alles andere als stolz aus.

Sharaman stieg ab und stürmte an seinen Söhnen vorbei, ohne sie auch nur grüßen.

Tus sah Garsiv und Dastan an. Das sah nicht gut aus. Seufzend folgte er seinem Vater in den Palast.

„Hast du vergessen, wessen Heer du führst?“, herrschte Sharaman Tus an.

Tus spielte nervös mit seinen Gebetsperlen. „Ich habe meine Entscheidung mit Bedacht getroffen", begann er. „Wie du es mir immer geraten hast."

„Ich habe dir nie geraten, dich meinen Befehlen zu widersetzen!"

Eine scharfe Antwort lag Tus schon auf der Zunge, aber er beherrschte sich. „Vater, du gibst mir wenig Raum für eigene Entscheidungen", sagte er.

„Diesen Raum willst du ja auch offensichtlich niedertrampeln!", entgegnete Sharaman.

„Wir hatten Grund zu der Annahme, dass Alamut unseren Gegnern Waffen liefert", verteidigte sich Tus.

„Du brauchst mehr als eine Annahme, um eine heilige Stadt mit meinen Truppen zu überfallen", zischte der König böse. „Dieses kleine Abenteuer wird unseren Verbündeten gar nicht gefallen! Aber das hast du vermutlich nicht bedacht!"

Tus wurde unsicher. Er war überzeugt gewesen, dass der Angriff die richtige

Entscheidung war, doch nun bekam er Zweifel. Er drehte sich zu Nizam um.

„Versteck dich nicht hinter deinem Onkel, mein Junge!“, ermahnte ihn Sharaman.

Tus holte Luft. „Für die Eroberung und ihre Folgen trage ich die Verantwortung“, sagte er und fügte hinzu: „Ich werde die Suche nach den Waffen persönlich überwachen. Ich schwöre, dir nicht mehr unter die Augen zu treten, bis ich Beweise für Alamuts Verrat in der Hand habe.“

Hoch erhobenen Hauptes machte er kehrt und verließ den Raum.

Nizam ging zu seinem Bruder und versuchte, ihn zu beruhigen. „Er möchte das Gewicht der Krone, die er eines Tages tragen wird, zu spüren bekommen“, erklärte er.

„*Du* kennst das Gewicht dieser Krone auch nicht!“, erinnerte Sharaman seinen jüngeren Bruder.

Nizam musste sich zusammennehmen, um eine Entgegnung zu unterdrücken. Sie waren Brüder und würden sich doch niemals ebenbürtig sein. Sharaman war ihm erst als Kronprinz, dann als König immer überlegen gewesen. Aber Nizam hatte vor langer Zeit gelernt, sein Aufbegehren zu unterdrücken. Seine Aufgabe bestand darin, seinem Bruder zu dienen, und das würde sich niemals ändern. Also wechselte Nizam das Thema.

„Ich habe ein Bankett zu deinen Ehren richten lassen", sagte er. „Deine Söhne und Untertanen möchten dich sehen."

Die Wut des Königs legte sich ein wenig und wich der Erschöpfung, die mit solch schwerer Verantwortung verbunden war. Ein Festmahl würde seine Laune sicher bessern.

„Da wird man von mir wohl erwarten zu lächeln?", erkundigte er sich.

Nizam lachte. „Und zu trinken."

Sharaman lächelte. Dann wurde er wieder ernst.

„Dastan?", fragte er Nizam. „Ist er wirklich ohne Erlaubnis hier eingedrungen?"

Nizam zuckte die Achseln. „Ein kleiner inspirierter Ungehorsam", wiegelte er ab.

Sharaman nickte und sah mit besorgter Miene über Alamut hinweg. Er konnte ja nicht die Zeit zurückdrehen und die Geschichte verändern – ob er es wollte oder nicht, war diese heilige Stadt nun Teil seines Reichs. Und den Jungen, den er einst von den Straßen Nasafs geholt hatte, nannten sie jetzt den Persischen Löwen.

Der Löwe genoss seinen Sieg sehr. In einem der Palasthöfe frönten Dastan und seine Männer ihrer eigenen Art von Entspannung.

Roham, der große Soldat, gegen den Dastan im Ring angetreten war, lehnte gegen eine Wand. Dastan stand mit einem Kelch in der Hand vor ihm.

Dastan sah ihn an. Dann die Mauer hinter ihm. Er nahm einen Schluck aus dem Kelch und rannte dann auf die Mauer zu. Noch im Sprung lief er *auf* der Mauer weiter – und landete krachend auf dem Boden, während die Männer in Gelächter ausbrachen.

„Der dritte Schritt ist am schwersten“, lachte Dastan.

„Du bist ja noch nicht mal bis zum zweiten gekommen“, hörte er die Antwort von oben.

Dastan blickte auf und sah Tus auf sich zureiten. Er stieg ab und bot Dastan die Hand.

„Wir haben am östlichen Ende der Stadt Tunnel entdeckt“, berichtete er Dastan, der sich hochgerappelt hatte. „Ich will gerade dorthin.“

Dastan sah ihn überrascht an. „Dann verpasst du ja das Bankett!“

Tus nickte. Garsiv und Dastan würden beim Fest ohne ihn auskommen. Er musste vorher nur noch eine Sache erledigen.

„Du hast doch ein Geschenk zu Ehren unseres Vaters?“, fragte Tus.

Dastan stand auf einmal die blanke Panik in den Augen. Daran hatte er gar nicht mehr gedacht! Und es war doch alte Tradition …

Tus lachte. „Ich wusste schon, dass du es vergisst“, sagte er und klopfte seinem Bruder auf die Schulter. Er winkte einen Diener herbei, der Dastan ein Päckchen reichte.

„Der Talar von Alamuts Regenten, dem heiligsten Mann des Ostens“, erklärte Tus. „Das wird der König zu schätzen wissen. Du hast für mich gekämpft wie kein Zweiter – ich freue mich, wenn ich dir auch einen Gefallen erweisen kann.“

Tus hielt inne. Etwas hatte ihn abgelenkt. Dastan wandte sich um und entdeckte Prinzessin Tamina, die von persischen Wachen aus dem Palast eskortiert wurde.

„Ein wahres Juwel – aber Vater ist ein strenger Richter über Ehefrauen“, bemerkte Tus leiser. „Stell sie bitte heute Abend an meiner Stelle dem König vor, Dastan.“

„Natürlich“, erwiderte Dastan eilfertig. Er wollte seinem Bruder gern helfen.

Tus stieg wieder auf sein Pferd, lehnte sich aber hinunter, um Dastan noch etwas zu sagen.

„Meine Ehe mit der Prinzessin wird mir die Zustimmung der Leute hier in Alamut einbringen“, sagte Tus. „Wenn aber Vater der Verbindung nicht zustimmt, dann möchte ich, dass du ihr eigenhändig das Leben nimmst.“

Dastan war von dieser Bitte schockiert. Sprachlos sah er seinen Bruder an.

„Eines Tages bin ich der König, Dastan“, erklärte Tus. „Und wenn ich es bin, dann muss ich sicher sein, dir vertrauen zu können. Ich muss wissen, dass du mir gehorchst.“ Er sah Dastan streng an. „Kann ich also auf dich zählen?“

Dastan senkte den Blick und antwortete mit einem kaum merklichen Nicken.

Prinzessin Tamina stand in ihrer Kammer und ließ sich von persischen Dienerinnen für ihre abendliche Vorstellung zurechtmachen. Eine wusch ihr die Füße, während eine andere ihr traditionellen persischen Schmuck anlegte. Tamina fühlte sich in ihrem eigenen Palast wie eine Fremde.

In diesem Augenblick kam Dastan herein.

Er hatte sich gewaschen und für das Festmahl umgezogen, der Dolch steckte aber noch immer stolz in seinem Gurt.

„Ich werde Euch heute dem König vorstellen, Eure Hoheit“, erklärte er höflich.

„Mein Begleiter ist also Prinz Dastan, der Persische Löwe“, bemerkte sie und schritt hoheitsvoll an ihm vorbei. „Muss ja ein tolles Gefühl sein, eine solche Auszeichnung für die Zerstörung einer unschuldigen Stadt einzustreichen.“

Er starrte ihr wortlos nach.

„Aber natürlich, Ihr seid einer der Prinzen von Persien“, fuhr sie fort. „Rücksichtslos und brutal.“

„Es ist mir auch eine Ehre, Euch kennenzulernen“, erwiderte Dastan und holte sie ein. „Und gestattet mir die Bemerkung, wenn die Bestrafung der Feinde meines Königs ein Vergehen sein sollte, dann ist es eines, das ich jederzeit gern wiederhole.“

Tamina schüttelte den Kopf. „Und schwer von Begriff ist er auch noch!“

Nach ein paar Minuten verärgerten Schweigens kamen sie an die Tür, die zum Bankettsaal führte. Dastan lehnte sich zu Tamina hinüber und schnitt ihr den Weg ab. „Macht nicht den Fehler zu glauben, Ihr wüsstet, wer ich bin, Prinzessin", zischte er.

„Ach", meinte sie und musterte ihn. „Was habe ich denn übersehen?"

Dastan wandte sich wortlos ab und sagte zu dem als Wache vor der Saaltür postierten Roham: „Warte hier mit Ihrer Hoheit."

Bevor er ging, wandte er sich aber noch einmal an Tamina: „Wenn Ihr es einrichten könnt, würde ich eine Spur Bescheidenheit anraten, wenn man Euch dem König vorstellt", warnte er sie eindringlich. „Zu Eurem eigenen Besten!"

KAPITEL 6

Das Bankett zu Ehren des Königs war ein glanzvolles Fest. Außer köstlichen Speisen wurden Musiker und Tänzerinnen geboten, und Dastan beobachtete seinen Vater dabei, wie er an den Feierlichkeiten erwartungsgemäß jovial teilnahm.

„Du hast Vaters Wut gekühlt", sagte Dastan zu Nizam, der neben ihm auftauchte.

Nizam nickte. „Eines Tages wirst auch du die Ehre haben, Bruder des Königs zu sein", sagte er. „Solange du deine erste Pflicht dabei nicht vergisst, wird es dir gut gehen."

Dastan lächelte. „Welche Pflicht, Onkel?"

Nizam bedeutete einem Diener, Sharamans Kelch aufzufüllen. „Ihn immer mit Wein zu versorgen."

Dastan lachte, aber Nizam sah ernst drein. Seine Stimme hatte einen verbitterten Tonfall angenommen. Doch bevor Dastan darüber ins Grübeln geraten konnte, hob Sharaman die Hand, um für Ruhe zu sorgen.

„Man hat mir gesagt, ein weiterer meiner Söhne sei in den Stand der großen persischen Krieger aufgestiegen", verkündete er.

Beifall brandete auf, als Dastan vortrat und vor dem König niederkniete.

Sharaman nahm Dastans Gesicht in die Hände und ließ ihn sich wieder erheben. „Wir haben dich vermisst, Vater", sagte Dastan leise.

„Ich habe für dich und deine Brüder gebetet, Dastan", entgegnete der König ebenfalls mit gedämpfter Stimme. „Das Band zwischen euch Brüdern ist das Schwert, das unser Reich beschützt. Ich bete dafür, dass dieses Schwert stark bleibt."

Dastan senkte beschämt den Blick. Sein Vater hatte offenbar davon erfahren, dass er sich Tus' Befehl widersetzt hatte.

„Ich dachte", erklärte er, „dass meine Bemühungen uns unnötige Verluste ersparen würden."

„Das war die Tat eines guten Mannes", bestätigte ihm der König. „Aber ein wahrhaft großer Mann hätte den gesamten Angriff verhindert. Ein großer Mann hätte etwas, das er als falsch erkennt, unterbunden, wer immer es auch angeordnet hätte. Was ich damals auf dem Marktplatz in dir sah, war deine Fähigkeit, wahrhaft Großes zu leisten." Sharaman sah Dastan fest in die Augen. „Sag mir, Dastan, hatte ich Recht damit?"

„Ich wünschte, ich könnte es dir sagen, Vater", flüsterte Dastan.

Sharaman lächelte. „Eines Tages wirst du es auf deine Art können."

Er umarmte Dastan, und die Menge jubelte den beiden zu. Dann erinnerte sich Dastan an das Geschenk, das Tus ihm gegeben hatte.

„Ich habe etwas für dich“, sagte er eifrig und überreichte Sharaman das Päckchen, das er von Tus bekommen hatte. „Der Talar des Regenten von Alamut.“

Der König lächelte, öffnete das Paket und hielt seinen Inhalt für die Umstehenden hoch. Er zog das Gewand über. „Was kann ich dir im Gegenzug gewähren?“

Dastan nickte Roham zu, der Tamina zum König führte.

„Das ist Prinzessin Tamina“, erklärte Dastan. „Tus möchte sich durch eine Ehe mit ihr ihrem Volk verbunden zeigen.“

Dastan zögerte kurz, als ihm durch den Kopf schoss, was er tun müsste, wenn der König ablehnte. „Es ist mein innigster Wunsch, dass dieses Begehren deine Zustimmung findet“, fügte er ernst hinzu.

Der König sah Tamina an, in deren großen, schönen Augen Zorn, Stolz und Trauer zu lesen standen. „Auf all meinen Reisen bin ich noch nie einer schöneren Stadt begegnet, Hoheit“, erklärte er.

Ihre Erwiderung kam schlagartig: „Ihr hättet sie sehen sollen, bevor Eure Horden kamelreitender Analphabeten über sie hergefallen sind!“

Eine erschrockene Stille senkte sich über den Saal, und Dastan warf ihr einen bösen Blick zu. Das hatte er nicht gemeint, als er ihr mehr Bescheidenheit nahegelegt hatte.

„Aber danke, dass Ihr es bemerkt“, fügte die Prinzessin versöhnlicher hinzu.

Einige im Saal mochten sich gekränkt fühlen, doch nicht so Sharaman. Er fand die Prinzessin mutig und edel – dieselben Eigenschaften, die er vor vielen Jahren in Dastan erkannt hatte. Was ihn auf eine Idee brachte.

„Sie wird ohne Zweifel einmal eine gute Königin“, sagte er, „aber Tus hat schon genug Ehefrauen.“ Mit milder Strenge betrachtete er seinen Jüngsten. „Du andererseits würdest vielleicht etwas umsichtiger, wenn solch ein Juwel in deiner Kammer wartet“, fuhr er fort. „Die Prinzessin von Alamut soll deine erste Frau werden. Was sagst du, Dastan?“

Dastan schwieg verblüfft.

Sharaman wandte sich an seine Edelleute. „Er stürzt sich ohne Zögern in eine Menge von hundert Feinden – aber der Gedanke an die Ehe lässt ihn in Furcht erstarren."

Die Zuhörer lachten ebenso wie König Sharaman – aber dessen heiteres Gelächter verwandelte sich auf einmal in furchtbare Schmerzensschreie.

„Der Talar", keuchte der König, „er brennt!"

Garsiv eilte seinem Vater zu Hilfe und wollte ihm das Gewand vom Leib reißen. Doch der Stoff verbrannte seine Finger augenblicklich, so dass er loslassen musste.

„Zu Hilfe!", schrie Nizam. „Der Talar ist vergiftet!"

Garsivs Miene verzerrte sich. „Der Talar, den Dastan ihm geschenkt hat!", schrie er voller Wut.

„Vater!", rief Dastan erschrocken, kniete sich neben den König und nahm dessen Kopf in beide Hände.

„Dastan!“, keuchte Sharaman und sah ihn flehend an. „Warum?“

„Vater, nein!“

Doch es war zu spät. König Sharaman war bereits tot. Auf der Stelle befahl Garsiv seinen Wachen: „Ergreift den Mörder!“

Schweren Schritts stürmten die bewaffneten Wachen auf Dastan los. Der jedoch starrte stocksteif auf seinen toten Vater hinab, und es brach ihm fast das Herz.

Bis, der die Gefahr für seinen Herrn erkannte, warf sich mutig zwischen Dastan und die Wachen. „Lauft, Prinz“, rief er, „los!“

Doch Dastan blieb wie gelähmt. Bis zerrte ihn hoch und stieß ihn zur Tür – als ein Speer der Wachen ihn glatt durchbohrte. Stöhnend stürzte Bis zu Boden.

Der Tod seines Freundes brachte Dastan schließlich zur Besinnung. Voller Wut zückte er den Dolch aus Alamut und schwenkte ihn wie ein Verrückter. Einen Moment lang schien er tatsächlich die Oberhand zu gewinnen, doch dann griff ihn einer der Wachleute hinterrücks an. Zum Glück war Prinzessin Tamina zur Stelle, um den Angreifer mit einer Vase auf den Kopf zu schlagen.

Von ihrem Platz im Saal aus hatte sie alles beobachtet. Und sie konnte nicht zulassen, dass man Dastan tötete oder dass er allein floh, ohne dass sie zuerst den Dolch zurückbekam.

Taminas Einsatz verblüffte Dastan, doch er besann sich bald auf das Naheliegende – er musste hinaus, und zwar schnell. Fieberhaft überprüfte er den Raum auf Fluchtmöglichkeiten. Zwischen ihm und der Tür befanden sich zu viele Menschen. Also das Fenster …

Er sprang hinab, und Tamina folgte ihm. Beide landeten unsanft draußen im Springbrunnen.

„Was tut Ihr denn hier?“, fragte Dastan, als er sich wieder hochrappelte. Er wunderte sich, dass sie ihm gefolgt war. War sie denn so wild darauf, Tus nicht heiraten zu müssen?

„Ihr mögt diese Stadt erobert haben“, gab Tamina trocken zurück, „aber Ihr kennt ihre

Geheimnisse nicht. Ich dagegen kann uns hier rausbringen."

Das Argument überzeugte Dastan. Er sah wieder zum dritten Stockwerk hinauf, wo Garsiv ihm wutentbrannt nachsah. Es blieb keine Zeit zum Streiten. Also nickte er zustimmend.

Sie liefen über den Palasthof und durch eine Gasse, die sie zu den Ställen führte, wo Garsiv die Pferde der Kavallerie untergebracht hatte. Schnell ließen sie alle Pferde frei – außer einem: Aksh, den berühmtesten und schnellsten Hengst in ganz Persien, der dem König gehört hatte, wählten sie für ihre Flucht.

Augenblicke später galoppierten sie durch einen Geheimtunnel unter der Stadt. Dastan blickte zurück und war froh zu sehen, dass niemand sie verfolgte. Doch dann tauchte direkt vor ihnen ein geschlossenes Tor auf.

Der Prinz stellte sich schon auf einen Aufprall ein, doch Tamina nahm sein Schwert, wirbelte es behände durch die Luft und betätigte damit einen verborgenen Hebel.

Das Tor flog auf. Dastan seufzte erleichtert, als sie heil aus dem Tunnel hinausstoben. Bald schon ritten sie in stetigem Tempo durch die nächtliche Wüste und ließen Alamut weit hinter sich zurück.

KAPITEL 7

Dastan und Tamina ritten stundenlang durch die Wüste und hielten erst an, als sie das Ufer eines Flusses erreicht hatten.

Ohne Frage würde Garsiv einen Suchtrupp nach ihnen aussenden. Aber bis zum Morgengrauen waren die beiden noch in Sicherheit.

Still saßen sie am Ufer und kamen wieder zu Atem, während Aksh aus dem Fluss trank. Der Mond schien, und die Luft war erfrischend kühl.

Dastan steckte die Hand ins Wasser und ließ es sanft über seine Finger strömen. Sein gesenkter Blick verriet nichts über seine Gedanken.

„Dastan …“, begann Tamina schließlich zögernd.

Er schwieg. Schließlich sagte er dann: „Das ist ein Nebenfluss des großen Stroms, der durch Nasaf fließt. Mit diesem Wasser werden sie seine Leiche waschen.“

Dastans leise Stimme verriet seinen Schmerz. Tamina sah ihn ungläubig an. „Ihr trauert um den Vater, den Ihr ermordet habt?“

Voller Zorn und Trauer sah Dastan zu ihr auf. „Ich habe meinen Vater *nicht* getötet!“

Tamina sagte nichts mehr. Sie konnte spüren, dass er die Wahrheit sagte.

Dastan sah, dass sie sich am Arm verletzt hatte, und säuberte ihre Wunde. Er griff in die Satteltaschen und zog ein Stück Stoff hervor, das er als Verband verwenden konnte.

„Es war dumm von Euch, Euch meine Probleme zusätzlich zu den Euren aufzubürden“, meinte er.

„Ich habe bemerkt, wie Ihr mich angesehen habt, als die Klinge an meinen Hals gedrückt wurde“, erinnerte sie ihn an ihr erstes Zusammentreffen. „Ihr wart bereit, alles für mich zu riskieren, das habe ich in Euren Augen gesehen.“

Überrascht rückte Dastan ein wenig an sie heran. „Ich habe meinem Bruder geschworen, dass ich Euch eher töten würde, als Euch einem anderen zu überlassen.“

Tamina sah ihm in die Augen und schenkte ihm ein fast romantisches Lächeln.

„Was für ein Dilemma“, sagte sie. „Die offensichtliche Lösung wäre, mich zu küssen und dann zu töten.“

Sie rückte ebenfalls etwas näher zu ihm, bis ihre Lippen sich beinahe berührten.

„Aber ich habe eine bessere Lösung“, fuhr sie fort. „Ich töte Euch, und dann sind all Eure Probleme gelöst.“

Dastan lachte, aber Tamina war es ernst. Sie hatte ihn keineswegs küssen wollen, sondern wollte näher an den Dolch heran.

Schon griff sie danach, aber Dastan war schneller und schlug ihre Hand fort, wobei der Dolch zu Boden fiel. Tamina zog ein Schwert aus der Satteltasche, mit dem sie auf Dastan losging.

Für einen so guten Schwertkämpfer wie Dastan war das eher amüsant als bedrohlich. Er hielt Tamina mit nur einer Hand zurück und hob mit der anderen den Dolch auf.

„Vielleicht finden wir noch eine dritte Lösung!"

Während Dastan den Dolch hielt, drückte er unabsichtlich auf den großen Edelstein im Griff. Ein wenig von dem blendend weißen Sand darin rieselte heraus.

Kaum war der Sand ausgetreten, da kam die Welt um ihn herum zum Stillstand. Licht und Ton schienen verzerrt, und dann schien sich alles rückwärtszubewegen.

Als die Welt sich wieder vorwärtsdrehte, lehnte Tamina sich noch einmal zu Dastan hinüber.

„Aber ich habe eine bessere Lösung", sagte sie wieder. „Ich töte Euch, und dann sind all Eure Probleme gelöst."

Sie wiederholte ihre Worte und Handlungen, ohne es zu merken.

Wieder griff sie nach dem Dolch, und wieder schlug Dastan ihre Hand reflexartig fort. Aber als sie diesmal das Schwert aus der Satteltasche zog, war Dastan zu verwirrt. Sie fügte ihm eine tiefe Bauchwunde zu.

Keuchend fiel er zu Boden.

„Gebt mir wieder, was Ihr gestohlen habt, Ihr persischen Schänder!“, schrie sie aufgebracht und deutete auf den Dolch.

Er sah den Dolch an. War es möglich …?

„Nein!“, rief Tamina, als er wieder auf den Edelstein drückte. Wieder rieselte Sand heraus, und wieder lief die Welt rückwärts. Seine Bauchwunde verschwand wie von Zauberhand. Als die letzten Sandkörner herausgefallen waren, setzte die Handlung wieder ein.

„Aber ich habe eine bessere Lösung“, sagte sie zum dritten Mal. Diesmal wusste Dastan, was ihn erwartete, und er unterbrach sie.

„Greift noch einmal nach diesem Schwert, und ich breche Euch den Arm!“

„Noch einmal?“, fragte Tamina verwirrt. Dann sah sie, dass der Griff des Dolches leer war. Entsetzt riss sie die Augen auf.

„Ihr habt den ganzen Sand verbraucht!“, rief sie.

Dastan sah den leeren Griff und drückte noch einmal auf den Stein. Diesmal geschah nichts.

„Unglaublich“, reimte er sich das Ganze zusammen. „Wenn der Sand herausrieselt, dreht das die Zeit zurück, und nur der Besitzer des Dolches weiß noch, was passiert ist. Er kann zurückgehen und die Ereignisse verändern – aber außer ihm weiß das niemand.“

Langsam dämmerten Dastan all seine neuen Möglichkeiten.

„Wie weit kann man damit zurückgehen?“, wollte er wissen. „Antwortet mir!“

„Ihr habt meine Stadt zerstört“, erinnerte sie ihn böse. War der Kerl tatsächlich so anmaßend, zu glauben, sie würde ihm diese Informationen einfach so überlassen?

Dastan schüttelte den Kopf. „Wir hatten

Informationen darüber, dass Ihr Waffen an unsere Feinde verkauft."

Tamina schnaubte empört. „Ihr hattet die Lügen eines persischen Spions."

Dastan dachte nach. Der einzige Beweis, den sie hatten, war die Aussage dieses Spions. Niemand sonst hatte die Karawane zu Gesicht bekommen, die er angeblich aufgehalten hatte. Und Tus hatte auch noch keine Waffenarsenale in der Stadt entdecken können.

„Dann ging es bei unserem Angriff nicht um Waffenlieferungen", schlussfolgerte er, „sondern um diesen Dolch?"

„Kluger Prinz", kommentierte Tamina seine Erkenntnis.

„Nach der Schlacht forderte Tus den Dolch als Tribut", fuhr Dastan fort. „Ich habe mir gar nichts dabei gedacht, aber er war es. Er hat mir auch den Talar gegeben, der unseren Vater getötet hat. Er wird bald König. Mit diesem Dolch könnte er einen Schlachtverlauf zu jedem kritischen Moment beeinflussen. Er wäre unbesiegbar." Dastan schluckte, als hätte er an den nächsten Worten schwer zu kauen. „Tus steckt hinter dem Ganzen."

Weit davon entfernt im jüngst eroberten Palast von Alamut schritt Tus nervös auf und ab. Er trug nun das Gewand des Königs.

Er hatte einen Erlass verfasst und auf hundert Schriftrollen kopieren lassen. Die Rollen würden von den königlichen Botenfalken nun bis in die hintersten Winkel seines Reichs getragen. Die Nachricht würde auf jedem Markt, Tempel oder Dorfplatz zu lesen sein. Sie lautete:

Meine treuen Untertanen,
ich teile Eure Trauer über den Tod unseres geliebten Königs. Dass er von Prinz Dastans Hand ausgeführt wurde, vergrößert unseren Schmerz noch. Ich habe die Belohnung für seine Ergreifung verdoppelt. Mein verräterischer Bruder muss seine gerechte Strafe erhalten.

König Sharaman wird in einer seinem Ruhm angemessenen Feier bald zu Grabe getragen. Aber seid gewiss: Unser Königreich bleibt stabil und sicher in den Händen eines starken Führers bestehen.
Eine neue Regentschaft hat begonnen.

* * *

Als die Falken in den Nachthimmel ausschwärmten, gab der neue König seiner Leibwache noch eine Anweisung.

„Nimm Dastans Leute fest“, befahl er. „Sperr sie dort ein, wohin nie ein Funken Tageslicht dringt.“

KAPITEL 8

In der Nacht schlugen Dastan und Tamina ihr Lager am Flussufer auf. Dastan durchlebte die schrecklichen Ereignisse in Alamut im Geiste immer von neuem. Sein Vater war tot, und alle glaubten, er sei schuld daran! Sein eigener Bruder hatte ihn getötet und wollte nun auch Dastan töten. Seine ganze Welt war zusammengebrochen. Doch bei Sonnenaufgang hatte Dastan einen Plan.

Er musste Tus aufhalten. Und dafür brauchte er Hilfe. Er brauchte seinen Onkel Nizam.

Als Tamina aufwachte, war Dastan gerade

dabei, eine Decke zu zerreißen und die Fetzen um Akshs Hufe zu wickeln.

„Was tut Ihr da?“, fragte Tamina.

„Garsivs Leute sind bestimmt nicht mehr weit“, erklärte er. „Und Aksh ist das berühmteste Pferd im ganzen Reich. So verwischen wir seine Spuren.“

„Spuren wohin?“, wollte Tamina wissen. „Wohin reitet Ihr?“

„Zur heiligen Stadt Avrat, wo die persischen Könige begraben liegen“, antwortete er. „Mein Onkel Nizam wird dort das Begräbnis meines Vaters überwachen. Er ist jetzt der Einzige, dem ich überhaupt noch trauen kann. Er wird mir glauben, dass Tus mir eine Falle gestellt hat.“

Er steckte den Dolch in seinen Gurt und stieg aufs Pferd.

„Ihr werdet als Mörder des Königs gesucht“, sagte sie und trat ihm in den Weg. Trotz des Schlafmangels und der Aufregung sah sie noch immer genauso schön – und stur – aus wie eh und je. „Und wollt jetzt zu seiner

Beerdigung gehen, bei der *Tausende* persischer Soldaten anwesend sein werden?"

„Geht mir aus dem Weg, Prinzessin!"

Tamina ließ sich nicht beirren. „Jede Straße nach Avrat wird von persischen Truppen bewacht."

„Ich nehme aber keine Straße", erwiderte Dastan beherzt. „Ich reite durch das Tal der Sklaven."

Taminas Augen weiteten sich. Sollte das ein Witz sein? Das Tal der Sklaven war ein furchterregender Ort. Eltern drohten ihren Kindern damit, wenn die sich schlecht benahmen.

Sie faltete die Arme über der Brust. „Ihr kommt nie in Avrat an. Der ganze Plan ist glatter Selbstmord."

Dastan sah sie an. Brennende Entschlossenheit lag in seinem Blick. „Mein Bruder hat meinen Vater getötet und mir den Mord in die Schuhe geschoben", sagte er. „Das muss ich in Ordnung bringen. Und wenn ich dabei sterben muss, so sei es."

Tamina erkannte, dass er sich nicht aufhalten lassen würde. Ihre Sorge galt allerdings nicht so sehr Dastans Wohlergehen. Sie galt dem Dolch, der immer noch in seinem Gurt steckte. Am Abend zuvor war es ihr nicht gelungen, ihn zurückzuholen. Und sie würde nicht aufgeben, bis sie ihn wieder in Händen hielt!

Tamina würde mitreiten, ob Dastan das nun gefiel oder nicht.

Das Tal der Sklaven war eine so trostlose Landschaft, wie man sie auf Erden kein zweites Mal finden konnte. Eine rote Sonne brannte erbarmungslos auf ein endloses Meer aus Sand herab, das heiß wie Feuer war.

Trotz dieser harschen Bedingungen gelang es einigen Menschen dennoch, das Tal zu durchqueren und zu überleben. Viele davon waren frühere Sklaven oder Verbrecher, die vor denen flohen, die sie einsperren wollten. Die meisten aber waren Beduinen, die auch diesem kargen Terrain noch eine Lebensgrundlage abzutrotzen verstanden.

Inmitten dieser Wüste quälten sich zwei in Beduinenkleidung gehüllte Gestalten auf ihrem langen und entbehrlichen Weg durchs Tal: Dastan und Tamina hatten unterwegs die Kleidung mit einem älteren Nomadenpaar getauscht und sich verkleidet.

Selbst in dieser fernen Gegend konnten sie es nicht riskieren, in der glänzenden königlichen Rüstung gesehen zu werden. Sobald jemand bei ihrem Anblick Gegenstände von Wert vermuten würde, wären sie wegen der vielen Diebe in großer Gefahr. In noch größerer Gefahr wären sie, wenn irgendjemand sie sehen würde, der von dem auf Dastan ausgesetzten Kopfgeld wusste.

„Ich hab nichts gegen die rauen Stoffe und die grobe Verarbeitung“, behauptete Tamina, die sich mit dem Überwurf der Beduinin abmühte. „Aber ich habe etwas gegen den unmissverständlichen Duft von Kamelurin.“

Dastan musste unwillkürlich auflachen. Er führte Aksh am Zügel und hielt an, um Tamina im Vorbeigehen zu beschnuppern.

„Ich finde, der Duft steht Euch“, sagte er grinsend, aber Tamina erwiderte sein Lächeln nicht.

Dastan betrachtete den Dolch mit dem leeren Griff und dann den sich endlos erstreckenden Wüstensand. Würde wohl gewöhnlicher Sand auch ausreichen?

Er kniete sich hin und ließ eine Handvoll davon in den Griff hineinrieseln. Vielleicht konnte er noch einmal die Zeit zurückdrehen und das ganze Durcheinander einfach verschwinden lassen?!

„Ohne den richtigen Sand ist das nur ein ganz gewöhnliches Messer“, versicherte ihm Tamina. Er dachte, das sei vielleicht ein Bluff, und machte einfach weiter. Mit angehaltenem Atem drückte er auf den Knopf im Griff und wartete.

Nicht geschah … außer dass Tamina ihn auslachte.

„Dieser Sand“, fragte er jetzt. „Habt Ihr noch mehr davon?“

„Natürlich nicht“, gab sie zurück.

„Wie komme ich denn daran?“, wollte er eifrig wissen.

„Versucht es damit, auf dem Kopf zu stehen und den Atem anzuhalten“, grinste sie.

Er blieb ruhig und ging wortlos weiter.

Der Weg durchs Tal fiel beiden schwer, Tamina hatte aber die größeren Probleme. Dastan war immerhin an ein Leben in der Wüste gewöhnt. Tamina hingegen hatte ihr gesamtes Leben im Alamut-Tal verbracht.

„Ich habe Durst“, protestierte sie nach einer Weile.

Dastan verdrehte die Augen und warf ihr die einzige Trinkflasche zu, die sie hatten. Sie nahm sie mit leise gemurmeltem Dank an.

Auf ihrem weiteren Weg versuchte Tamina herauszufinden, was in Dastans Kopf vorging. Sie wollte ihren Dolch zurück. Dafür musste sie Dastan erst einmal besser verstehen.

„Wenn Ihr Eurem Onkel nicht vorführen könnt, wie der Dolch funktioniert …“, fragte sie also schließlich, „warum sollte er Euch dann glauben?“

„Lasst das mal meine Sorge sein", gab Dastan abweisend zurück.

Und wieder herrschte Stille. Diesmal durchbrochen von Tamina: „Ihr geht wirklich wie ein Einzelgänger: Kopf und Nase hoch, Brust raus, lange, stampfende Schritte." Sie machte ihn nach. „Der Gang eines selbstzufriedenen persischen Prinzen."

Dastan schwieg.

„Kein Zweifel, es liegt daran, dass man Euch von Geburt an gesagt hat, die Welt gehöre Euch. Und dass Ihr das glaubt!"

Dastan hatte endgültig genug.

„Ich bin nicht wie Ihr in einem Palast geboren!" Er schnellte zu ihr herum. „Sondern in den Straßen von Nasaf. Dort konnte ich nur überleben, wenn ich tagtäglich darum kämpfte, mit Zähnen und Klauen."

Tamina war erstaunt. „Aber wie ...?"

„Der König ritt eines Tages zum Markt und fand mich dort, nahm mich auf, gab mir ein Leben, eine Familie und ein Heim", beantwortete Dastan ihre unausgesprochene Frage.

„Was du hier also siehst, ist der Gang eines Mannes, der gerade *alles* verloren hat."

Tamina wusste nicht, was sie sagen sollte. An diesem Prinzen war anscheinend doch mehr dran, als sie geahnt hatte. Sharaman musste in Dastan etwas ganz Besonderes gesehen haben.

Wieder herrschte Schweigen zwischen den beiden, bis sie an einige furchterregende Skelette kamen, die man auf Pfähle aufgespießt hatte.

„Wer waren die wohl?", fragte Tamina mit Furcht in der Stimme.

Dastan deutete auf die riesige Wüstenstrecke vor ihnen. „Vor vielen Jahren gab es hier die größte Salzmine des ganzen Reichs. Bis sich die Sklaven miteinander verbündeten und ihre Herren töteten."

Tamina nickte langsam und wurde blass. Die Skelette waren sicher die der Herren.

„Ich habe gehört, sie hätten sie bei lebendigem Leib gekocht", sagte er. „Willkommen im Tal der Sklaven, Euer Hoheit."

Stumm liefen sie weiter. Tamina versuchte, Schritt zu halten, fiel aber nach kurzer Zeit schon zurück.

„Ich brauche unbedingt ein paar Tropfen Wasser“, keuchte sie.

„Tja, die haben wir aber nicht mehr, seit Ihr unsere Trinkflasche vor zwei Stunden komplett geleert habt“, antwortete er bissig.

Er wartete auf ihre Erwiderung, aber sie blieb stumm.

„Ein Wunder“, höhnte er, „ich habe die Prinzessin verstummen lassen.“

Aber etwas stimmte nicht. Als Dastan sich umwandte, sah er, dass Tamina zusammengebrochen war.

„Tamina!“, rief er und lief besorgt zu ihr zurück. Als er sie umdrehte, sah er, dass sie bewusstlos war.

„Tamina, könnt Ihr mich hören?“ Er versuchte sie wachzurütteln.

Er griff nach einer Decke, mit der er ihren Kopf stützte. Als Dastan wegsah, öffnete Tamina die Augen und lächelte.

Denn auf diese Gelegenheit hatte sie nur gewartet. Mit Schwung schlug sie ihm einen großen Knochen, den sie unbemerkt aufgelesen und im Ärmel versteckt hatte, auf den Hinterkopf.

Dastan griff sich noch verblüfft mit der Hand an die entstandene Beule. Aber schon eine halbe Sekunde später fiel er mit dem Gesicht nach unten in den Sand.

„Ja, Dastan", höhnte Tamina, „ich kann Euch hören."

Endlich konnte sie den Dolch aus seinem Gurt herausziehen und ihn selbst einstecken. Dann sprang sie rasch auf Akshs Rücken und spornte den Hengst an.

Dastan hatte keine Ahnung, wie lange er unter der sengenden Sonne im Sand gelegen hatte. Als er aber langsam wieder zu sich kam, merkte er, dass er nicht allein war.

Ein Schatten hatte sich über ihm aufgebaut, und dann noch einer. Er zwinkerte ins grelle

Licht und versuchte, die Gestalten zu erkennen.

Sein Hinterkopf schmerzte immer noch höllisch, aber er konnte nun wieder klar sehen. Gleich darauf wünschte er sich allerdings, er könnte es nicht.

Ein Dutzend Reiter umringte ihn. Sie trugen eine Mischung aus feinen persischen Stoffen, Beduinenkutten und anderen zusammengeraubten Kleidungsstilen. Jeder war schwer bewaffnet, und keiner von ihnen zeigte das geringste Mitleid mit ihm.

Dastan war klar, dass es sich um die berüchtigten grausamen Sklaven handeln musste, die dem Tal seinen Namen verliehen hatten. Er versuchte, sich aufzurappeln, wurde aber daran gehindert, als ein Gegenstand heranzischte und direkt vor ihm auf dem Boden landete. Es war ein Wurfmesser mit drei Klingen und afrikanischer Zeichnung.

Er schluckte schwer.

„Weißt du, wo du bist, Perser?“, fragte ihn eine Stimme.

Dastan sah zu dem Mann auf, der ihn angesprochen hatte, dem Anführer der Gruppe namens Scheich Amar. Sein Gesicht war ebenso wettergegerbt und zerklüftet wie das Land, das er beherrschte.

Dastan nickte.

„Und du kommst dennoch hierher?“ Amar schüttelte missbilligend den Kopf.

Dastan schwieg und nickte nur noch einmal.

„Im Herzen des Sudan gibt es einen Kriegerstamm, die man Ngbaka nennt“, erklärte Amar mit tiefer Stimme. „Die Ngbaka sind meisterhafte und weithin gefürchtete Messerwerfer.“

Amar gab einem seiner Männer ein Zeichen. Der große Afrikaner trug ein ganzes Sortiment von Wurfmessern am Leib, die dem ähnelten, das eben vor Dastan gelandet war. Ein weiteres Messer hielt der Afrikaner wurfbereit in der Hand.

„Das ist Seso vom Stamm der Ngbaka“, fuhr Amar fort. „Ich hatte das große Glück, ihm eines Tages das Leben zu retten, dafür steht er beständig in meiner Schuld. Sag mir also, Perser, der unser Tal so unaufgefordert betritt: Was spricht dagegen, ihn zu bitten, beim nächsten Wurf ein wenig höher zu zielen?“

Dastan sah den Scheich an und lächelte. Er wusste etwas, das dagegensprach. Etwas, das den Scheich ebenso interessieren dürfte …

Dastan ist kein Straßenjunge mehr – sondern der Prinz von Persien.

Die Macht des Persischen Reichs
spiegelt sich in seinem riesigen Heer.

Garsiv, Dastan und Tus warten auf ihren Vater,
um den Sieg über Alamut zu feiern.

Nizam macht vor nichts halt,
um selbst Herrscher von Persien zu werden.

König Sharaman wurde vergiftet.
Garsiv und Nizam wollen den Mörder finden.

Dastan und Prinzessin Tamina fliehen
vor der persischen Armee aus Alamut.

Prinzessin Tamina: schön, elegant und sehr klug!

Dastan und Tamina finden eine Oase.
Dort erzählt Tamina von der Macht des Dolches.

Scheich Amar und Seso
beherrschen das Tal der Sklaven.

Dastan kämpft mit einem Hassansin,
und die Prinzessin kann fliehen.

Es ist Zeit, den Dolch an seinen rechtmäßigen,
ursprünglichen Ort zurückzubringen.

Kann Dastan ein wahrhaft großer Mann werden?
Die Zeit wird es zeigen ...

KAPITEL 9

Tamina ritt unterdessen durch eine enge Felsschlucht. Um sich zu vergewissern, dass sie auf dem richtigen Weg war, überprüfte sie kurz den Stand der Sonne am Himmel. Der Wächtertempel lag verborgen in den Bergen nördlich von ihr. Niemand wusste von seiner Existenz, daher würde der Dolch dort sicher sein.

Um Aksh eine Pause zu gönnen, hielt sie einen Moment an. Dabei zog sie den Dolch aus ihrem Gurt. Der Griff war noch immer leer, aber um den Hals trug sie ein Amulett, das mit leuchtendem Sand gefüllt war.

Sie wollte den Sand gerade in den Griff des Dolches füllen, da näherte sich ein Reitertrupp und umringte sie. Scheich Amar und seine Leute.

Rasch steckte sie das Amulett zurück und sah sich nach einem Fluchtweg um. Es gab keinen.

Scheich Amar ritt zu ihr heran und musterte sie. Er grinste und nickte einem der Männer zu, der daraufhin seine Kapuze abnahm: Dastan.

„Du hast recht", sagte Amar zum Prinzen. „Sie ist nicht übel. Könnte besser riechen, aber der Handel gilt."

Dastan lächelte, ritt an Tamina heran und nahm ihr den Dolch wieder ab.

„Kluge Prinzessin", höhnte er.

Dastan hatte Tamina eingetauscht, als wäre sie ein Kamel.

Mit Tamina in ihrer Gewalt verließ die Gruppe die Schlucht und ritt durch die Wüste weiter zu einem verlassenen Salzbergwerk. Durch einen Tunnel traten sie ein.

„Ein wahrhaft edler Prinz“, zischte Tamina Dastan giftig zu. „Springt der gefallenen Schönheit gleich zur Seite.“

Dastan musterte sie lässig. „Wer sagt, Ihr wärt eine Schönheit?“

Kochend vor Wut presste Tamina zwischen den Zähnen hervor: „Es muss doch einen Grund geben, warum Ihr den Blick nicht von mir abwenden könnt.“

Dastan lachte laut auf. „Ich trau Euch nicht“, sagte er.

Sie gingen weiter. Die Wände rumorten verdächtig, und von oben waren laute Rufe zu hören. Dastan nutzte einen Moment der Unsicherheit, um Tamina beiseitezuziehen und ihr blitzschnell das Amulett vom Hals zu reißen. Mit zufriedenem Grinsen erkannte er den leuchtenden Sand und füllte ihn in den Griff des Dolches.

„Danke, Euer Hoheit.“

Tamina ballte die Fäuste. Dastan hatte

keine Ahnung, mit welch unermesslicher Macht er es tatsächlich zu tun hatte. Und sie wagte nicht, es ihm zu sagen. „Der Dolch ist heilig“, erklärte sie nur. „Er darf nur dann aus Alamut entfernt werden, wenn die Stadt fällt.“ Ihr Ton wurde flehentlicher. „Dastan, wenn der Dolch in die falschen Hände gerät …“

Er hob die Hand und unterbrach sie: „Ich pass schon auf Euer Messer auf.“

„Das ist Sache der Götter“, antwortete sie ernst, „nicht der Menschen.“

Während ihrer Unterhaltung hatten Amars Männer sie immer weiter in den Tunnel hineingeführt. Der Jubel war lauter geworden. Plötzlich packte einer der Männer Tamina gegen ihren lautstarken Protest und zerrte sie weg.

Gleich darauf sahen sie Sonnenlicht am Ende des Tunnels. Sie hatten das Herz der alten Salzmine erreicht. Dastan wollte seinen Augen kaum trauen. Eine Rennbahn war dort eingerichtet worden, auf der Straußenvögel Rennen liefen und Zuschauer darauf Wetten abschlossen.

„Straußenrennen?“, fragte Dastan.

„Jeden Dienstag und Donnerstag“, kam Amars Antwort. „Was den Tieren an Schönheit abgeht, machen sie mit Kampfgeist wett. Und die Rennen sind leicht zu manipulieren.“

Nach all den grauenerregenden Geschichten, die Dastan über das Tal der Sklaven gehört hatte, stellte es sich nun als ein Ort für illegale Wetten heraus …

„Nicht das, was du erwartet hast, Perser?“, grinste Amar.

„Ich hatte andere Geschichten gehört“, gab Dastan kopfschüttend zu.

„Die blutrünstigen Sklaven, die ihre Herren ermordet haben?“, fragte Amar. „Gute Geschichte, aber leider nicht wahr.“

„Und was sollte das mit den Skeletten auf dem Weg?“

„Hab ich von einem Zigeuner in Bukhara gekauft“, erklärte Amar. „Ich habe unseren schillernden Ruf großteils erfunden, um das hinterhältigste Übel abzuwehren, das dieses gottverlassene Land kennt – die Steuern.“

Amars Blick wanderte zu den Zuschauertribünen. Dastan entdeckte dort Tamina.

Plötzlich wurde ihm klar, welche Rolle Tamina hier ab jetzt spielen sollte. Die Ränge waren gefüllt mit jungen Frauen, die den Zuschauern leicht bekleidet Speisen und Getränke servieren mussten. Tamina war nun eine von ihnen – vielleicht war Dastan bei seinem Handel mit dem Scheich doch etwas voreilig gewesen.

„Sonderbar, Perser", sagte Amar und sah Dastan durchdringend an. „Du siehst dem Prinzen, der nach dem Mord am König geflohen ist, auffallend ähnlich."

Dastan wurde klar, dass Amar die ganze Zeit einen eigenen Plan verfolgt hatte. Er drehte sich um und wollte fliehen, aber ein Messer sauste durch die Luft und heftete seinen Umhang an einem Holzpfahl fest.

Seso grinste Dastan stolz an.

„Habe ich dir schon von den Ngbaka erzählt?", fragte Amar lachend.

„Ja, habt Ihr", erwiderte Dastan resigniert.

Amar schüttelte den Kopf. „Dein Bruder Tus hat ein Kopfgeld auf dich ausgesetzt, das unter uns gesagt geradezu obszön hoch ist. Für so viel Gold würde ich ihm meine eigene Mutter ausliefern." Amar wandte sich nun an seine Männer: „Bringt ihn zum persischen Grenzposten!"

Seso nahm den Dolch aus Dastans Gurt.

„Schönes Messer", meinte der dunkelhäutige Krieger und warf den Dolch Amar zu. Der Scheich sah ihn kurz an und übergab ihm dann einem seiner Männer mit dem Befehl: „Einschmelzen und die Edelsteine herausholen!"

Von ihrem Standort bei den Straußenvögeln aus konnte Tamina die ganze Szene verfolgen. Sie sah, wie Dastan der Dolch abgenommen und wie er weitergereicht wurde. Das durfte einfach nicht passieren! Kurz entschlossen trat sie das Tor der Straußenvögel auf, die sofort kreuz und quer durch die Gegend rannten.

In der Verwirrung gelang es Dastan, sich

zu befreien und den Dolch an sich zu nehmen. Er holte Tamina, und zusammen flohen sie über die Rennbahn, während hinter ihnen Faustkämpfe entbrannten und Waffen gezückt wurden.

„Los, zum Tunnel!“, schrie Tamina, und während ihnen Amars Männer dicht auf den Fersen waren, gelang es den beiden tatsächlich, bis zu einem Tor im Tunnel vorzudringen. Dahinter legte Tamina einen Hebel um. Das Tor schlug zu und schnitt ihren Verfolgern den Weg ab. Sie waren in Sicherheit. Vorerst.

Wohl oder übel saßen Dastan und Tamina wieder einmal im selben Boot. Besser gesagt, auf demselben Pferd – sie ritten auf Aksh durch das Tal der Sklaven, bis sie an ein Felsplateau gelangten, von dem aus Avrat, die Stadt der Bestattungen, direkt vor ihnen lag.

Eine endlose Prozession von Menschen wand sich über den Wüstensand, um in die Stadt zu gelangen.

„Die kommen alle zur Beerdigung meines Vaters", bemerkte Dastan traurig.

„Die Tore werden von Hunderten persischer Soldaten bewacht", gab Tamina mit ernster Miene zu bedenken.

Sie musste ihn jetzt einfach in ihr Geheimnis einweihen; zumindest ein wenig. „In den Bergen vor den Toren Alamuts liegt ein besonderer Tempel", flüsterte sie eindringlich. „Nur Priester wissen, dass es ihn gibt. Das ist der einzige Ort, an dem der Dolch sicher ist."

Dastan hörte ihr gar nicht zu. Als Tamina seine bewegte Miene sah, versuchte sie, noch einmal auf andere Weise zu ihm durchzudringen. „Dastan", begann sie sanft. „Warum, glaubt Ihr, hat Euch Euer Vater damals von der Straße geholt?"

Endlich wandte Dastan sich ihr zu. „Ich nehme an, er mochte mich …"

„Es war etwas viel Größeres als Zuneigung", erwiderte sie. „Die Götter haben einen bestimmten Plan für Euch vorgesehen – Euer Schicksal."

Dastan warf den Kopf zurück und lachte. „Ich glaube nur an das, was ich in der Hand halten und mit eigenen Augen sehen kann“, erklärte er.

Tamina seufzte. Er verstand sie immer noch nicht, und die Zeit wurde langsam knapp. „Ich bitte Euch aufrichtig: Hört auf, darüber nachzudenken, wer Ihr früher wart, und fragt Euch stattdessen, wer Ihr sein *sollt.*“

Dastan schwieg. Taminas Appell erinnerte ihn an die letzten Worte seines Vaters. Könnte er ein wahrhaft großer Mann sein? Aber um das herauszufinden, brauchte er Hilfe. Nizams Hilfe. „Wenn du deinen kostbaren Dolch nicht wieder aus den Augen verlieren willst“, erklärte er Tamina, „dann hilfst du mir, nach Avrat zu kommen.“

KAPITEL 10

So gefährlich es auch im Tal der Sklaven gewesen war – sich in Avrat einzuschleichen, erwies sich als noch schwieriger. Überall wimmelte es von Soldaten, und hätte irgendjemand Dastan oder Tamina erkannt, wären sie unweigerlich gefasst worden.

Während Tamina für beleibte Würdenträger Nüsse knackte, schlüpfte Dastan wagemutig durch die Reihen der Bestattungsprozession. Es gelang ihm, unbemerkt eine Nachricht unter den Sattel seines Onkels zu schmuggeln. Darin bat er Nizam, ihn beim Basareingang zu treffen.

Ein paar Stunden später kam Nizam wirklich. Tamina lauschte dem Gespräch von einem Versteck aus.

„Du hättest mich nicht herbitten sollen", sagte Nizam, als sein Neffe vor ihn trat.

„Ich hatte keine Wahl, Onkel", erwiderte Dastan, der sich freute, die vertrauten Züge des alten Mannes wiederzusehen. „Ich habe meinen Vater nicht getötet. Du weißt, dass ich das niemals tun würde."

„Deine Handlungen zeugen vom Gegenteil", antwortete Nizam reserviert.

„Ich musste doch fliehen. Tus hat mir den Talar gegeben. Er hat ihn vergiftet!"

Nizam hörte Dastans Theorie misstrauisch an.

„Der Angriff auf Alamut war reiner Betrug", rief Dastan. „Tus ist auf mehr Macht aus. Er sucht keine Waffenschmieden, sondern den Sand für ein mystisches Gerät."

Nizams Augen verengten sich. „Deshalb hast du mich herbestellt, Dastan? Mystische Geräte?"

In seiner Stimme schwang Verachtung mit, in seinen Augen aber glomm ein Funke.

„Dieser Dolch ist der Grund dafür, dass Tus in Alamut eingefallen ist“, fuhr Dastan fort und zog ein Bündel aus seinem Ärmel. Als er es aber öffnete, war von dem magischen Dolch keine Spur mehr. Stattdessen lag ein Nussknacker darin.

„Soll das ein Scherz sein?“, fragte Nizam verstimmt.

„Ich hatte ihn, Onkel“, stammelte Dastan. „Ich schwör es dir.“

„Wo ist dann dein angeblicher Beweis?“, fragte Nizam eisig.

Verzweifelt wandte sich Dastan nach Tamina um. Doch die war nicht mehr auf ihrem Posten. Mit Mühe unterdrückte er einen Wutschrei. Sie hatte den Dolch genommen und brachte ihn nun bestimmt zu diesem Tempel, von dem sie gesprochen hatte. Doch da fiel ihm etwas an Nizam auf.

„Deine Hände, Onkel“, sagte er. „Das sind Brandwunden!“

„Ja, weil ich versucht habe, deinem Vater den vergifteten Talar vom Körper zu reißen", antwortete Nizam.

Dastan erinnerte sich nur allzu genau an jeden einzelnen furchtbaren Moment vor seines Vaters Tod. Sein Onkel hatte niemals versucht, Sharaman den Talar abzunehmen. Das konnte nur bedeuten, er hatte sich vorher daran verbrannt – *als er das Gewand vergiftet hatte!*

Nizam war der Verräter! Und Dastan hatte eben ihm, der hinter allem steckte, sein Geheimnis enthüllt. Dastan machte kehrt und lief los. Doch da streifte ihn haarscharf ein Pfeil. Überall umzingelten ihn Soldaten. Er war in die Falle gegangen!

Doch in persischen Städten kannte er sich aus. Im Handumdrehen war er auf die Dächer geklettert, was ihm noch immer so leicht fiel wie damals, als er noch ein bettelarmer Botenjunge gewesen war. Geschickt suchte er sich seinen Weg über die Dächer. Bei seinem rasanten Tempo konnten ihn die Bogenschützen von unten nicht treffen – im Gegenteil, Dastan fing zwei Pfeile aus der Luft auf.

Er erinnerte sich noch daran, wie er einer anderen Generation Soldaten auf dieselbe Weise entwischt war. Er musste ja nur dasselbe noch einmal tun!

Aber ein Soldat gab die Jagd nicht so einfach auf. Garsiv hatte sich – auf einen Tipp von Nizam hin – sofort an Dastans Fersen geheftet.

Und als er seinen Bruder stellte, hatte die Wut über Dastans Ungehorsam und über den Mord an seinem Vater Garsiv schon so weit gebracht, dass er entschlossen war, ihn die letzte Lektion über Leben und Tod zu lehren.

Zunächst wehrte Dastan Garsivs Schläge nur mit dem Schwert ab, aber die Streitaxt des Älteren war so stark und Garsiv schlug so unerbittlich zu, dass Dastan merkte, er würde seinen Bruder überlisten müssen.

Er wich auf eine reich geschmückte Holztreppe im Hof aus. Mit jedem Schlag wuchs

Garsivs Zorn. Jeder seiner Hiebe ließ ganze Stücke aus der Treppe heraussplittern.

„Wir kämpfen jetzt nicht mehr mit Stöcken, kleiner Bruder“, knurrte Garsiv.

„Ich habe unseren Vater nicht getötet!“, rief Dastan laut.

„Dann hast du im Jenseits ja nichts zu befürchten“, gab Garsiv zurück.

Schon holte Garsiv zum tödlichen Schlag aus, da entschlüpfte ihm Dastan im letzten Moment, und die Streitaxt blieb tief im Holz stecken.

Garsiv konnte sie nicht mehr herausziehen und stand Dastan also unbewaffnet gegenüber. Dastan hielt sich an einem Balken fest, stieß sich von der Wand ab – und verpasste Garsiv einen mächtigen Tritt gegen den Kopf.

Garsiv ging zu Boden in der Erwartung, dass Dastan ihn nun töten würde. Aber Dastan konnte das nicht. Er liebte seinen Bruder trotz allem und wollte ihm nicht schaden.

Stattdessen machte er kehrt und rannte aus der Stadt hinaus, wobei ihm fast das Herz brach. Er musste Tamina und den Dolch finden. Er *musste* seine Unschuld beweisen.

Verärgert tigerte Garsiv im königlichen Speisezelt auf und ab, während es sich Nizam von einem kunstvoll verzierten Teller schmecken ließ.

„Er wird diese Stadt nicht verlassen", erklärte Garsiv.

Nizam nahm noch einen Bissen, bevor er antwortete: „Ich bin sicher, das hat er bereits."

Garsiv wusste, dass Nizam recht hatte. „Ich habe dich enttäuscht, Onkel."

„Iss etwas", forderte Nizam ihn auf und deutete auf Garsivs vollen Teller.

Garsiv schüttelte den Kopf. „Ich habe nachgedacht", fuhr er fort. „Warum ist Dastan hierher nach Avrat gekommen, wo es doch ohne Frage sehr gefährlich für ihn ist?"

„Ich habe mir dieselbe Frage gestellt", erklang eine tiefe Stimme.

Tus hatte das Zelt betreten, gekleidet in vollem Königsornat.

„Ich dachte, du bleibst in Alamut“, begrüßte ihn Garsiv.

Tus zwinkerte ihm zu. „Sich umzuentscheiden ist das gute Recht eines Königs.“

Nizam zwang sich zu einem Lächeln. „Was für eine schöne Überraschung.“

„Berichte mir von Dastan, Onkel“, sagte Tus.

Traurig schüttelte Nizam den Kopf. „Ich hatte gehofft, dir das ersparen zu können.“ Dann sah er Tus in die Augen und log ihn dreist an: „Dastan hofft auf eine Rebellion.“

„Er will die Krone?“, fragte Tus.

„Ich fürchte, so ist es“, gab Nizam zurück. „Aber Dastan vor Gericht zu stellen, würde ihm nur die Öffentlichkeit verschaffen, auf die er aus ist. Ich würde einen Prozess vermeiden.“

Das kam nun auch Garsiv sonderbar vor, und er sah seinen Bruder fragend an. Tus nickte.

„Dein Ratschlag ist uns stets willkommen, Onkel“, antwortete Tus. „Aber was Dastan auch immer verbrochen haben mag, ein öffentlicher Prozess wird dem König, der ich zu sein hoffe, am besten zu Gesicht stehen. Mit starker Hand, aber das Gesetz achtend. Wir sind keine Wilden.“

Nizam schwieg – dann lächelte er. „Du wirst mit jedem Tag mehr zum König“, erklärte er.

„Nicht ohne deinen weisen Rat, Onkel“, entgegnete Tus höflich und wandte sich dann an seinen Bruder. „Wir müssen Dastan finden. Der Gerechtigkeit muss Genüge getan werden.“

Garsiv nickte. Noch einmal würde er Dastan nicht entwischen lassen.

KAPITEL 11

Dastans Suche nach Tamina und dem Dolch gestaltete sich einfacher als erwartet.

Inmitten der Wüste stieß er auf Kamelspuren, die beduinische Nomaden hinterlassen hatten. Das war an sich nicht ungewöhnlich; was Dastan aber auffiel, waren die Spuren eines bestimmten Kamels in der Gruppe.

Anders als die anderen, die ordentlich geradeaus führten, schwankten diese Spuren wild nach rechts und links. Einer der Reiter hatte offenbar keine Erfahrung im Kamelreiten.

Er folgte diesen Spuren, und am frühen Morgen hatten sie ihn zu einem Platz geführt, der kürzlich noch ein Lager gewesen war. Dort lag eine Frau schlafend auf der Erde: Tamina.

Als sie aufwachte, fragte sie in Panik, wo der Stamm geblieben sei.

„Beduinen machen sich früh auf den Weg“, sagte Dastan lächelnd. „Besonders wenn sie jemanden loswerden wollen. Nach Euren Kamelspuren zu schließen habt Ihr sie aufgehalten.“

Tamina holte tief Luft. „Ich musste einfach weg“, erklärte sie. „Ich nehme an, dass Euer Onkel nicht auf Euch gehört hat.“

Dastan schüttelte den Kopf. „Noch viel schlimmer. Bei unserem Gespräch habe ich eine Verbrennung an seiner Hand gesehen. Er behauptet, dass er sich bei einem Rettungsversuch meines Vaters verbrannt hat – aber mein Onkel hat den Talar an dem Tag gar nicht angefasst!“

„Also?“, hakte Tamina nach.

„Also hat er den Talar schon vorher angefasst“, meinte Dastan. „Er muss derjenige sein, der ihn vergiftet hat. Es war nicht Tus, sondern Nizam!“ Er konnte den Schmerz in seiner Stimme nicht verbergen.

„Es tut mir leid, Dastan.“ Tamina meinte es ernst.

„Ich dachte, er würde meinen Vater lieben“, sagte Dastan leise, „aber das tat er nicht. Er hasste es, sein Leben lang im Schatten Sharamans zu stehen. Er wollte die Krone für sich.“

Dastan verstand allerdings noch immer nicht, wie Sharamans Tod Nizam weitergebracht haben sollte. Tus war der Thronfolger, nicht Nizam. Also wozu war dieser Gewaltakt gut gewesen? Er sah die Prinzessin an. „Was verschweigt Ihr mir?“, fragte er.

Sie antwortete nicht. Stattdessen deutete sie auf den Sandsturm, den man hinter Dastan heraufziehen sah. Dastan nutzte die Ablenkung, um sich den Dolch von ihr zurückzuholen. „Wenn Ihr ihn wiederhaben wollt, verratet mir alles. Keine Lügen mehr!“

Tamina sah vom Dolch zum Sandsturm. Sie hatte keine Wahl. Sie nickte.

Rasch zog Dastan den Hengst Aksh zu Boden und errichtete aus der Satteldecke und seinem Schwert ein provisorisches Zelt als Schutz.

Dicht aneinandergedrängt setzten sie ihr Gespräch fort. „Ich weiß, dass Nizam den Dolch braucht“, sagte Dastan. „Er lässt unser halbes Heer in Alamut nach mehr von diesem Sand suchen. Welches Geheimnis liegt da unter Eurer Stadt verborgen?“

Tamina sah Dastan in die Augen und beschloss, ihm zu vertrauen. Irgendetwas brachte sie ja immer wieder zusammen – vielleicht war es sein Schicksal, ihr zu helfen.

„In Alamut ruht das Herz allen Lebens“, begann sie. „Die Sanduhr der Götter.“

Sie hielt in ihren Gedanken inne und sammelte sich. Dieses Wissen war noch nie einem Außenseiter mitgeteilt worden. Dann aber erzählte Tamina Dastan die Geschichte, die ihr Schicksal bestimmte.

„Vor langer Zeit blickten die Götter auf die Menschen herab und erkannten nichts als

Gier und Verrat. Da sandten sie einen großen Sandsturm, der alles zerstörte und die Erdoberfläche rein fegte. Aber ein Mädchen überlebte.

Die Götter sahen auf sie herab, und durch ihre innere Reinheit wurden sie an die Fähigkeit der Menschen zum Guten erinnert. Daher ließen sie die Menschen wieder auf der Erde leben und verbannten den Sand in eine Sanduhr."

Aksh wieherte laut. Er hatte Angst vor dem Sandsturm. Dastan und Tamina hoben gleichzeitig die Hand, um ihn beruhigend zu streicheln. Dastan wartete geduldig darauf, dass sie fortfuhr. Er ahnte, wie viel das für sie – und möglicherweise für ihn – bedeutete.

„Die Sanduhr steht für unsere Existenz", fuhr sie fort. „Solange der Sand rieselt, läuft auch die Zeit vorwärts, und die Menschheit überlebt. Die Sanduhr beherrscht die Zeit. Sie erinnert uns an unsere Sterblichkeit."

„Welche Rolle spielt der Dolch?", wollte Dastan wissen.

„Er wurde dem Mädchen übergeben, dessen Reinheit den Menschen Vergebung bescherte. Die Klinge ist das Einzige, was das Glas durchdringen und den Sand der Zeit zum Rinnen bringen kann. Und im Griff trägt er nur eine Minute."

„Wenn nun jemand mit dem Dolch in die Sanduhr eindringen und gleichzeitig auf den Knopf im Griff drücken würde?", kam Dastan auf den Punkt.

Tamina riss die Augen vor Schreck auf. Genau das war ihre größte Angst. „Der Sand würde endlos herausrieseln", sagte sie voller Entsetzen.

„Man könnte dann die Zeit zurückdrehen, so weit man will?" Dastan dachte an die Geschichte, die ihm sein Vater so gern erzählt hatte. „Als mein Vater noch jung war, rettete ihm Nizam auf der Jagd das Leben", berichtete er ihr. „Mein Onkel will in der Zeit zurückgehen und ändern, was er damals getan hat – meinen Vater nicht retten. So könnte er ein Leben lang König sein."

Draußen legte sich der Sandsturm allmählich. Aber Dastans innerer Sturm begann erst richtig zu wüten.

„Der Sand im Stundenglas ist vergänglich“, warnte ihn Tamina. „Daher ist es auch gut versiegelt. Den Dolch innerhalb der Kammer zu öffnen, würde das Siegel brechen. Der Sand der Zeit wäre verloren, und die Menschen müssten für Nizams Machthunger büßen.“

Dastan dachte darüber nach, während sie ihre Decke ausschüttelten und sich wieder nach draußen ans Tageslicht wagten.

„Der geheime Wächtertempel bei Alamut ist der richtige heilige Ort für den Dolch“, erinnerte ihn Tamina eindringlich. „Gebt ihn mir zurück, damit ich ihn dorthin bringen kann.“

Dastan schüttelte den Kopf. „Entschuldigt, Prinzessin, aber das kann ich nicht tun“, erklärte er. „Ich komme mit Euch.“

Ihr blieb der Mund offen stehen. „Ihr wollt mir helfen?“, fragte sie.

Dastan lächelte, als er sich in den Sattel schwang. Er reichte ihr seine Hand von oben.

„Wir können hier sitzen und reden, oder Ihr könntet endlich aufsteigen“, drängte er. Er wollte jetzt nicht mehr seine eigene Unschuld beweisen, sondern nur noch verhindern, dass Nizam den Dolch in die Finger bekam.

Lächelnd nahm Tamina seine Hand.

Tus und Garsiv waren entschlossen, Dastan zu finden und vor Gericht zu stellen. Das machte Nizam Sorgen. Es würde seine Pläne durchkreuzen. Und um einen solchen Prozess zu verhindern, brauchte er Hilfe von außen. Dafür reiste er nach Bukhara, wo sich sein beachtliches privates Anwesen befand.

Als er seine große marmorne Eingangshalle betrat, begrüßte ihn der Vorsteher der Dienerschaft.

„Ich muss mit unseren Gästen sprechen“, verkündete Nizam.

„Was die betrifft“, setzte der Diener so taktvoll wie möglich an, „muss ich sagen, ihre Praktiken sind ungewöhnlich. Wir hören viele sonderbare Geräusche. Und letzte Woche ist eines der Pferde verschwunden."

Der Diener hatte offenbar erwartet, das würde mehr Eindruck auf Nizam machen. Der aber lächelte nur.

„Sorg nur dafür, dass die Dienerschaft den Mund hält", ordnete er an. „Oder ich verspreche euch, dass ihr ebenfalls verschwindet."

Kurz darauf stieg Nizam mit einer Fackel die große Steintreppe zum Untergeschoss seines Herrenhauses hinab. Unten kam er an eine alte Holztür mit dem geschnitzten Bild eines Greifvogels.

Als er die Tür öffnete, betrat er eine dunkle Kammer voller dichtem Rauch, durch den man nicht bis zu den Wänden sah. Der Boden bestand aus einem Fenstergitter, durch das Nizam eine zweite Kammer darunter sehen konnte, in der beim Feuerschein ein geheimnisvolles Ritual vor sich ging.

Eine Gestalt erhob sich und starrte Nizam mit durchdringend hellblauen, kalten Augen an. Es war der „Spion“, mit dessen Hilfe Nizam Tus hatte überzeugen können, dass sie Alamut überfallen sollten.

„Ich habe eine neue Aufgabe für dich, Hassansin“, sagte Nizam. „Aber du musst schnell machen. Deine Beute hat nämlich einen Vorsprung.“

Die Diener hatten zu Recht Angst gehabt. Die Hassansinen waren eine Sekte speziell trainierter Auftragsmörder, die König Sharaman früher eigentlich aus seinem Land verbannt hatte.

Die Realität war ihnen fremd, und sie lebten in einer Art Trancezustand. Nizam hatte sie gegen die Weisung seines Bruders heimlich geschützt – für Gelegenheiten wie diese.

„Das tut euren Kräften auch keinen Abbruch?“, fragte Nizam und meinte den betäubenden Rauch, der durch die Kammer waberte.

„Im Rauch sehen wir unsere Zukunft und den Tod“, bekam er zur Antwort. „In der

Trance können wir alles und jeden finden, auch Euren Neffen."

Nizam lächelte zufrieden. „Dann hoffe ich, ihr seht bald noch mehr Tod."

KAPITEL 12

Weit von Bukhara entfernt riss Tamina entzückt die Augen auf. Nach einem harten Ritt, der sich wie eine Ewigkeit anfühlte, schienen sie und Dastan nun Glück zu haben. Vor sich entdeckte sie eine Oase voller grüner Pflanzen und glitzernder Wasserquellen.

„Unsere Mission ist gesegnet“, sagte sie erschöpft, aber zufrieden. „Wir holen uns Wasser und machen uns bei Anbruch der Nacht auf den Weg zum Bergpass“, bestimmte sie.

„Ich finde, Ihr habt etwas zu viel Spaß daran, mich herumzukommandieren“, lachte Dastan.

Zu ihrer eigenen Überraschung hatte die Aufgabe sie enger zusammengebracht. Auf ihrem Weg zum Wächtertempel waren sie zu einem echten Team geworden. Dastan war beeindruckt von Taminas Fähigkeit, sich derart harten Bedingungen anzupassen. Und Tamina hatten Dastans offensichtliche Herzensgüte und Charakterstärke imponiert.

Nun führte sie Aksh zum Wasser, und Dastan begann, ihre Trinkflaschen zu füllen. Die Oase schien inmitten der trostlosen Weite aus leblosem Sand fast zu gut, um wahr zu sein.

Doch dort trank schon ein weiteres Tier, eines, das mitten in der Wüste eigentlich fehl am Platz schien – ein Vogel Strauß.

Dastan starrte ihn einen Moment lang an, bevor ihm klar wurde, dass diese Oase tatsächlich einen großen Nachteil hatte: Sie waren nicht allein. Er wirbelte herum – und stand vor Scheich Amar.

Der Scheich grinste teuflisch, als zwei weitere Männer aus dem Gebüsch sprangen.

„Wir sind unter recht eiligen Umständen auseinandergegangen", sagte er spöttisch. „Ich konnte mich leider nicht gebührend verabschieden."

Dastan und Tamina warfen sich nervöse Blicke zu. Amars Männer kamen näher.

„Wir sind euch schon seit Wochen auf den Fersen", erklärte der Scheich stolz. „Der kleine Aufstand, den ihr da geprobt habt, ist noch zwei Tage weitergegangen. Bathsheba hier ist alles, was mir noch von meinem Wettimperium geblieben ist!" Er deutete auf den großen Vogel. „Da wollte ich meine Verluste mit dem Kopfgeld auf die jungen Liebenden ausgleichen, die mir das alles angetan haben."

Trotz des drohenden Untertons in seiner Stimme hörte Dastan ihm nicht richtig zu. Er starrte auf die Sanddünen hinter der Oase. Auf denen bildeten sich Sandwirbel – kein gutes Zeichen.

„Scheich Amar", bat Dastan, „hört mich an!"

„Besser nicht“, entgegnete Amar. Er gab seinen Männern ein Zeichen, und die begannen, Dastan zu fesseln.

„Edler Scheich“, flehte ihn nun Tamina an, „wir sind auf einer heiligen Mission.“

Amar lachte. „Was könnte heiliger sein als persisches Gold?“

Er gab noch ein Zeichen, und nun wurde auch Tamina gefesselt.

Der Messerwerfer Seso kam auf Dastan zu und zog ihm den Dolch aus dem Gurt.

„Schönes Messer!“ Er lachte herzlich.

Dastan wand sich in seinen Fesseln, aber er war machtlos – wieder waren er und Tamina Gefangene.

Amar und seine Leute waren Dastan und Tamina tagelang durch die Wüste gefolgt. Sie waren erschöpft und beschlossen, noch einmal in der Oase ihr Lager aufzuschlagen, bevor sie am nächsten Morgen ihre Gefangenen an persische Offiziere übergeben würden.

Aber in der Nacht, als alle schliefen, kam ein Trupp von sieben vermummten Reitern herangeritten. Sie verfügten über erstaunliche Körperbeherrschung: die Hassansincn.

An einem Felsvorsprung mit Blick auf die Oase machten sie halt. Lautlos stiegen sie von ihren Pferden. Ihr Anführer richtete seine hellblauen Augen auf sein Ziel. Nur zwei von Amars Männern standen Wache; die anderen schliefen rund ums Feuer.

Der Hassansin erwartete keine Probleme.

Er hielt die Arme dicht über den Boden, und aus seinen Ärmeln krochen zwei grüne Kreaturen, die sich sofort durch den Sand gruben – Sandvipern.

Amars Wachen kämpften gegen den Schlaf an. Auf einmal zuckte einer der beiden zusammen und sackte leblos zu Boden.

Bevor der andere verstehen konnte, was geschehen war, entdeckte er etwas, das sich unterirdisch auf ihn zubewegte.

Erschrocken trat er einen Schritt zurück. Er kam nicht einmal mehr zu einem Entsetzensschrei, denn eine Sandviper schoss wie ein Pfeil von unten auf ihn zu und vergrub ihre Giftzähne zielsicher in seinem Hals.

Der Mann brach tot neben seinem Kumpan zusammen, und die Schlange verschwand wieder unter der Erde, auf der Suche nach ihrem nächsten Opfer.

Die Vipern näherten sich den Schlafstellen. Als sie an Aksh vorbeiglitten, wieherte das Tier vor Angst.

Das Geräusch weckte Seso. Augenblicklich war er aufgesprungen und in Alarmbereitschaft. Doch er konnte niemanden sehen.

Dann bemerkte er den aufgewühlten Sand vor sich. Starr vor Schreck sah er eine Schlange aus dem Sand auftauchen und ihn ins Visier nehmen. Ihre gespaltene Zunge schnellte bedrohlich aus ihrem Maul hervor.

Doch als sie zubeißen wollte, wurde die Sandviper von einem Knüppelschlag getroffen und weit in die Dunkelheit geschleudert.

Dastan hatte Seso das Leben gerettet. Selbst mit gefesselten Händen hatte er sich einen

Holzscheit greifen und die Schlange damit erschlagen können.

„Gib mir den Dolch“, verlangte Dastan.

Seso war unschlüssig. Er sah auf Dastans gefesselte Hände. Dann auf den aufgewühlten Boden.

„Wenn du weiterleben willst, gib mir den Dolch“, forderte Dastan.

Seso widersprach nicht. Mit der Klinge des Dolches löste er Dastans Fesseln und reichte ihn ihm, als sich gerade drei Vipern auf Dastan stürzen wollten. Dastan drückte auf den Edelstein im Griff, und alles stoppte. Eine der Vipern war nur noch Zentimeter von seinem Gesicht entfernt gewesen.

Dastan merkte sich gut, wo die Vipern auftauchten, als die Zeit zurücklief. Dann ließ er den Knopf wieder los. Eine kleine Menge Sand war noch im Griff übrig.

Als die Vipern nun zum zweiten Mal in die Luft schossen, wusste Dastan schon genau, wo er sie abfangen musste.

Mit rasender Geschwindigkeit tötete er

drei Vipern mit dem Dolch und schleuderte ihn dann nach der vierten und letzten, die er mit dem Wurf glatt durchtrennte, bevor sie die schlafende Prinzessin Tamina beißen konnte.

Der Lärm hatte nun auch die anderen geweckt. Als sie die toten Vipern sahen, staunten sie gewaltig – bis auf Tamina. Sie wusste genau, wie Dastan die Schlangen hatte töten können.

„Perser", fragte Amar verblüfft, „wie hast du das gemacht?"

Dastan erwiderte nichts. Er sah zu dem Felsvorsprung hinauf und erkannte die Umrisse der Hassansinen, die sie beobachteten. Sie würden bald wieder zuschlagen. Und diesmal würde es keine wunderbare Rettung geben, denn der Griff des Dolches war fast leer.

„Wir müssen hier weg!", entschied Dastan und löste Taminas Fesseln. „Schnell!"

„Es reicht, Perser, wir können jetzt anhalten", rief Scheich Amar, als sie nach einem langen Ritt die Grenze erreicht hatten und einen felsigen Pfad entlangritten.

Dastan schüttelte den Kopf. „Die hören nicht auf", versicherte er dem Scheich. „Sie verfolgen und töten ihre Opfer, das ist ihre Aufgabe."

Amar runzelte die Stirn. „Wessen Aufgabe?", wollte er wissen.

„Diese Vipern wurden von einem dunklen Geheimnis unseres Reichs …" Er suchte nach dem richtigen Wort. „… gesteuert. Von den Hassansinen. Lange waren sie die mordenden Handlanger der persischen Könige. Aber mein Vater schickte sie in die Verbannung."

„Genau wegen solcher geheimer Regierungsmorde zahle ich keine Steuern", sagte Amar zu Seso.

„Sie kamen von Süden her. Dort liegt auch Nizams Anwesen", überlegte Dastan. „Er muss die Befehle meines Vaters missachtet haben. Das sind keine gewöhnlichen Soldaten, sondern eine Sekte von Mördern, die nach den alten Regeln der *Janna* im Töten trainiert wurden. Sie führen Nizams Befehle widerspruchslos aus."

Alle schwiegen angesichts dieser ernsten Gefahr.

„Wir können nicht anhalten", drängte Dastan.

„Du vielleicht nicht", erwiderte Amar. „Aber wir können es."

„Wir könnten auf dem Weg zum Tempel Eure Hilfe brauchen", sagte Dastan. Er und Tamina hatten den anderen mittlerweile kurz erklärt, worin ihre Mission bestand.

Der Scheich lachte. „Beim Überqueren des Hindukusch mit einem Sturm im Anzug? – Du scheinst Ärger nicht nur anzuziehen wie eine faule Mango die Fliegen, sondern du bist auch noch vollkommen verrückt."

Amar gab den Männern ein Zeichen, und sie ritten in die andere Richtung weg.

„Im Tempel gibt es auch Gold", rief Tamina hinterher.

Das ließ Amar aufhorchen. Er zügelte sein Pferd.

„Mehr als zehn Pferde tragen können", versicherte sie ihm. „Es gehört dir, wenn du uns hilfst. Steuerfrei."

Scheich Amar nickte. Ein gutes Geschäft überzeugte ihn zu jeder Zeit.

* * *

Dastan und die anderen Männer folgten Tamina, als diese sie von der Wüste in die Berge führte. Sie ritten durch den schneebedeckten Khyber-Pass in die Gebiete jenseits des persischen Reichs.

Trotz des anstrengenden Ritts zeigte Tamina kein Anzeichen von Schwäche. Sie wirkte sehr ausgeglichen. Das beeindruckte Dastan weit mehr als ihre Schönheit.

Nach vielen Tagen in bitterer Kälte hatten sie nun eine mildere Klimazone erreicht. Tamina führte sie vom Weg ab in ein nebliges Tal. Hier wollte sie den Dolch wieder seinem eigentlichen Ursprung zuführen.

Dastan machte große Augen. Noch aus hundert Metern Entfernung war das Tal praktisch unsichtbar gewesen. Und nun war es plötzlich da, ein friedlicher und wunderschöner Ort mit ein paar aus Stein gebauten Häusern und Höfen.

„Ich hatte eigentlich goldene Statuen und Wasserfälle erwartet“, beklagte sich der Scheich.

Dastan hatte unterwegs viel über Tamina und ihre Geschichte nachgedacht. Als er sie nun sah, wie sie liebevoll das Tal unter ihnen betrachtete, wurde ihm einiges klar. „Du stammst von hier, nicht wahr?“, fragte er. „Das Mädchen, das die Menschheit erlöst hat.“

Tamina nickte. „Ihre Nachfahren nennen wir die Wächter. Wir erfüllen eine heilige Pflicht, die von Generation zu Generation vererbt wird.“

Sie sah den jungen, schönen Prinzen neben ihr an. Es gab einen Grund dafür, dass er in ihr Leben getreten war. Sie wusste es. Der Dolch gehörte ebenso zu seiner Berufung wie zu ihrer. Sie lächelte, und Dastan lächelte zurück. Dieses Abenteuer bestanden sie gemeinsam.

Sie setzten ihren Weg ins Tal fort. Aber als sie das erste Haus erreichten, merkten sie, dass die ganze Siedlung verlassen war.

„Es ist zu still“, bemerkte Dastan alarmiert. Hinter dem Haus entdeckten sie den Grund dafür. Vier der Priester, die den Tempel bewacht hatten, waren tot. Ihre Leichen lehnten an der Hauswand.

„Die sind schon länger tot“, sagte Seso, der die Toten untersucht hatte. „Wurden vorher noch gefoltert.“

Tamina zitterte vor Angst.

„Diese Wunden stammen nicht von gewöhnlichen Waffen“, sagte Dastan.

„Hassansinen?“, fragte Seso.

Dastan nickte. „Sie waren schon hier. Nizam weiß Bescheid.“

Scheich Amar kam von den anderen Häusern her zu ihnen. „Alle tot“, sagte er knapp. „Die ganze Siedlung.“

„Tamina“, ermahnte Dastan sie eindringlich, „wenn Nizam von diesem Ort weiß, dann müssen wir hier schnell weg.“

Doch in diesem Moment hörten sie schon herangaloppierende Pferde. Der Feind war angekommen.

KAPITEL 13

Bevor sie sichs versahen, waren sie von persischen Soldaten umringt. Garsiv führte sie an.

In Sekundenschnelle waren Dastan, Tamina und die Männer des Scheichs in einer Reihe aufgestellt und im Visier der Schützen.

Garsiv stieg vom Pferd und schritt auf Dastan zu.

„Gib mir dein Schwert“, knurrte er.

„Garsiv, hör mir zu!“, bat ihn Dastan.

Aber Garsiv stellte sich taub. „Gib mir deine Waffe“, herrschte er Dastan an und griff nach seinem eigenen Schwert.

Dastan sah seinem Bruder ins Gesicht. „Da drüben liegen vier tote Priester", sagte er. „Sie wurden von den Hassansinen ermordet, und zwar auf Nizams Befehl. *Er* ist der Verräter."

Garsiv lachte und zückte sein Schwert. Die Klinge drückte er ihm an den Hals.

„Hassansinen gibt es nicht mehr", schnaubte er. „Du hältst dich für so schlau."

„Ich meine es ernst", entgegnete Dastan. „Nizam sähe mich am liebsten tot, damit ich schweige. Ein Prozess wäre ihm viel zu öffentlich."

Garsiv dachte daran, dass sein Onkel tatsächlich betont hatte, er wünsche keine Gerichtsverhandlung. Ein kurzer Moment des Zweifels ließ ihn den Druck der Klinge etwas lockern.

Dastan interpretierte die Reaktion richtig. „Das hat er auch gesagt, nicht wahr?"

Garsiv antwortete nicht.

„Wir beide hatten nie das einfachste Verhältnis", drang Dastan weiter in ihn ein. „Aber wir sind trotz allem Brüder!"

„Ich bin gerührt“, höhnte Garsiv, „von diesen Worten mit meinem Schwert an deiner Kehle.“

„Vor seinem Tod hat unser Vater mir gesagt, das Band zwischen uns Brüdern sei das Schwert, das unser Reich beschützt. Er betete dafür, dass dieses Band stark bleibe.“

Garsiv dachte sichtlich angestrengt nach. „Nizam hat deinen Tod gefordert“, bestätigte er. „Tus wollte das nicht und hat befohlen, dich lebend zurückzubringen.“

„Siehst du? Nizam hetzt mir jetzt die Hassansinen auf den Hals, damit das nie passiert. Er hat Angst, dass ich ihn bloßstellen könnte.“

Garsiv überlegte noch kurz und löste dann langsam seine Klinge von Dastans Hals.

„Sag mir alles, Dastan“, forderte er seinen Bruder auf.

Erleichtert wollte Dastan zu einer längeren Erklärung ansetzen, als ein Pfeifen zu hören war und gleich darauf drei Pfeilspitzen Garsivs Brustpanzer durchbohrten.

„Garsiv!“, schrie Dastan entsetzt, als Garsiv vor seinen Augen in die Knie ging.

Aus dem Nebel kamen neue Reiter heran – viel gefährlicher als die gesamte Kavallerie der Perser.

Dastan wusste sofort, was sie waren.

„Hassansinen!“, schrie er und zog sein Schwert.

Ein heftiger Kampf entbrannte zwischen den persischen Soldaten und den Hassansinen. Amar und seine Männer, eben noch Gefangene der königlichen Armee, kämpften nun Seite an Seite gegen den bedrohlicheren gemeinsamen Gegner.

Die Hassansinen waren die Grausamkeit in Person. Jeder war auf seine Art Meister einer ganz besonderen Mordmethode. Einer ging mit klingenbewehrten Peitschen auf seine Gegner los. Garsivs Angreifer trug auf seiner Rüstung eine Reihe Stacheln, die ihn zu einer menschlichen Stichmaschine machten.

Der Anführer setzte weitere tödliche Vipern auf sie an – ein wahres Inferno. Dastan wurde von einem einzigen Gedanken beseelt: Er musste den Dolch beschützen.

Er suchte nach Tamina, aber in dem Gewühl schien sie verschwunden zu sein.

Neben ihm tauchte Amar auf und übernahm seinen hassansinischen Gegner. „Finde sie, Perser“, befahl er Dastan.

Dastan suchte fieberhaft nach Tamina. Schließlich entdeckte er sie, als sie das Dach eines der Häuser erklomm.

Er folgte ihr und entdeckte von oben einen Geheimgang, der im Innern der Hofanlage lag. Das musste der geheime Tempel sein.

Er wusste, was sie vorhatte. Sie hatte ihm schon von diesem Plan erzählt. Sie wollte den Dolch den Göttern zurückgeben und sich selbst gleichzeitig als Opfer darbieten.

Tamina wollte ihr Leben im Tausch für das Leben aller Menschen aufgeben.

Dastan war bis ins Mark erschüttert. Er wollte nun gar nicht mehr den Dolch beschützen – er wollte Tamina beschützen! Er folgte ihr in die Höhle hinein und sah sie dort in einem Tümpel stehen. Sie hatte sich offenbar mit ihrem Schicksal abgefunden.

„Es gibt noch einen anderen Weg", sagte Dastan leise. „Es muss einen geben!"

„Es gibt keinen", erwiderte sie.

„Dann lass mich!" rief er verzweifelt und sprang neben ihr ins Wasser. Er griff nach dem Dolch.

Tamina schüttelte den Kopf. „Nur ein Wächter kann den Dolch zurückgeben", erklärte sie. „Jemand, der darauf vorbereitet wurde, den Göttern das Gute der Menschheit darzubringen."

Sie sahen sich tief in die Augen. Von draußen erklangen noch immer Kampfgetöse und Schmerzensschreie.

„Ich bin bereit dazu, Dastan", sagte Tamina ruhig.

Dastan schüttelte abwehrend den Kopf. „Ich aber nicht!"

Da stand auf einmal der Hassansin mit den Klingenpeitschen im Tempeleingang. Unversehens ging er auf Tamina los.

Die Peitsche schlang sich um ihr Handgelenk, und der Hassansin schleuderte sie mit Wucht gegen die Steinmauer. Sie blieb bewusstlos liegen.

Der nächste Peitschenschlag hätte sie in Stücke gerissen, aber Dastan wehrte ihn mit seinem Schwert ab. Wutentbrannt stellte er sich dem Hassansinen in einem Kampf auf Leben und Tod.

Einem solchen Gegner hatte Dastan noch nie gegenübergestanden. Die Peitschenschläge schienen aus jeder Richtung zugleich auf ihn einzuprasseln.

Der Hassansin war seinerseits noch nie einem so geschickten und akrobatischen Kämpfer begegnet. Sie kämpften verbissen weiter, Schwert gegen Klingen, Behändigkeit gegen Kraft.

Es gelang Dastan, den Kampf vom Tempel weg und auf eines der Dächer zu dirigieren. Dort mussten sie beim Kämpfen noch das Gleichgewicht halten. Dastan sah unter sich das Kampfgetümmel; Leichen lagen überall.

Da bot sich Dastan die Möglichkeit, sich mit einem wagemutigen Sprung vom Rauchabzug abzustoßen und nach einem Überschlag genau hinter dem Auftragsmörder zu landen. Doch der Hassansin hatte sich blitzschnell gedreht und Dastan mit einem Bein vom Dach gefegt. Der landete schwer auf dem Rücken. Der Hassansin war in Sekundenschnelle zu Dastan heruntergesprungen und begann, ihn zu würgen. Dastan versuchte verzweifelt, sich aus dem Griff zu befreien, aber der Hassansin starrte ihn nur aus kalten Augen an, die keinerlei Gefühlsregung verrieten.

Gerade als Dastan sicher war, dass sein letzter Atemzug gekommen war, lockerte sich der Griff um seinen Hals, und sein Angreifer ging zu Boden.

Nach Atem ringend erkannte Dastan, dass der Hassansin durch ein Schwert getötet worden war, das aus seinem Rücken aufragte.

Garsiv war es, der noch einmal alle Kraft zusammengenommen hatte, um den Bruder zu retten.

„Garsiv!“, rief Dastan und nahm seinen Kopf in die Hände. „Halt durch.“

„Das Schwert ist stark, Bruder“, wisperte Garsiv. „Rette unser Reich.“

Dastan wusste, dass er nichts anderes für Garsiv tun konnte, als es ihm so bequem wie möglich zu machen. Er bettete den Kopf seines Bruders weich und sprach ein stilles Gebet für ihn.

Auf einmal fiel ihm auf, wie ruhig es geworden war. Unheimlich ruhig. War der Kampf vorüber und die Hassansinen ebenso plötzlich verschwunden, wie sie gekommen waren?

Dastan riss erschrocken die Augen auf. Das konnte nur eines bedeuten.

Er ging zu Tamina zurück, die mit einem Ausdruck unendlicher Traurigkeit am Eingang zum Tempel stand. „Der Dolch?“, fragte Dastan.

Tamina schüttelte den Kopf. „Er ist fort.“

Dastan sah auf seinen bleichen Bruder hinab, und all der Schmerz und das Leid, das sein Onkel über sie gebracht hatte, ließen ihm Tränen der Wut in die Augen treten.

Er sah Tamina entschlossen an und versprach ihr mit fester Stimme: „Wir holen ihn uns zurück."

KAPITEL 14

Unter dem fahlen Licht des zunehmenden Monds ritten drei vermummte Gestalten durch die leeren Straßen von Alamut. Es waren die drei verbleibenden Hassansinen. Sie behielten ihr zügiges Tempo bei, bis sie den Palast erreicht hatten.

Die drei Mörder betraten das Gebäude durch eine Geheimtür, die direkt zu Nizams Kammer führte. Dort saß ihr Herr an einem großen Holztisch.

„Habt ihr mir gebracht, was ich suche?"

Die drei setzten sich, und eine der Sandvipern schlüpfte aus dem Ärmel des

Anführers. Die Schlange zischte und schlängelte sich über den Tisch.

Der Hassansin zückte eine glänzende Klinge, packte mit beeindruckender Geschwindigkeit die Viper und schlitzte sie auf.

Der Dolch befand sich in der Viper.

„Dastan ist noch am Leben", warnte der Hassansin Nizam.

Nizam überlegte kurz. „Letztlich spielt das keine Rolle", beschloss er dann, „die Zeit wird all das auslöschen."

„Der Tod bleibt bei Euch, Herr", zischte der Hassansin. „So wie Prinz Dastan. Er wird sich den Dolch zurückholen wollen."

„Er wird zu spät kommen", antwortete Nizam.

Sie standen kurz davor, die Sanduhr der Götter zu entdecken. Wenn sie einmal dort wären, hätte Nizam Zugang zum Sand der Zeit. Dann würde er die Geschichte von Grund auf neu schreiben.

Am nächsten Morgen stand Tus auf einem Balkon, von dem aus er einen guten Blick über Alamut hatte. Er war König geworden, aber zu einem hohen Preis. Sein Herz schmerzte um den Verlust seines Vaters und auch um den seines jüngsten Bruders.

„Wir haben unter den Straßen ein Tunnelsystem entdeckt, mein König“, meldete Nizam, als er zu ihm hinaustrat.

„Tunnel oder nicht“, erwiderte Tus angespannt, „wir haben noch immer keine Waffenschmiede gefunden.“

Nizam nickte Tus zu. „Die Krone wiegt schwer, Neffe.“

„Schwerer, als ich dachte“, gab Tus zu.

Nizam wiegelte ab: „Die Schmiede finden wir, nur Geduld.“

Tus nickte. „Gibt es Nachrichten von Garsiv?“

Nizam schüttelte den Kopf. „Noch nicht, Hoheit“, log er.

Nizam war nicht der Einzige, der von den geheimen Gängen in Alamut wusste. Tamina hatte einen der Geheimgänge benutzt, um in die Stadt zu gelangen, und beriet sich nun gedämpft mit ihrer vertrautesten Zofe. Dastan, Amar und Seso standen etwas abseits. Die einstigen Diebe hatten sich mittlerweile Dastan und Tamina fest angeschlossen.

Tamina kam zu ihnen zurück und berichtete: „Ihre Freunde im Palast sagen, die Perser sind bis zur ersten Tunnelebene vorgedrungen. Sie werden binnen Stunden bei der Sanduhr sein.“ Sie deutete auf das Gebäude im Zentrum von Alamut. „Nizam bewahrt den Dolch wieder im Großen Tempel auf.“

Die Zofe hatte noch etwas zu sagen, und Dastan erkundigte sich bei Tamina: „Was ist noch?“

„Sie sagt, er wird von einer Art Dämon bewacht“, kam die Antwort. „Mit Haut so runzlig wie die Wüste und mit Stacheln bedeckt.“

Dastan wusste, wen sie meinte. „Der Hassansin.“

Die Frau erzählte noch mehr, und Tamina übersetzte für die anderen: „Er hat einen

Todesfluch über die heilige Kammer gelegt. Niemand kann sich ihm auf 20 Meter nähern, ohne zu sterben.“

Seso sagte: „Nicht alle müssen so nah heran.“

Die anderen wussten, was er meinte, und die vier ersannen einen schnellen Plan. Tamina beschrieb ihnen den Ort genauer, dann machten Scheich Amar und Seso sich zu den Wachen am Eingangstor auf. Sie bemühten sich, hilflos und bedürftig zu erscheinen.

„Etwas Wasser“, bat Amar schwach.

Der persische Wachsoldat grinste – und spuckte ihn dann an. Die anderen lachten. Amar und Seso zogen Schaufeln aus ihren Gewändern und schlugen die Wachen damit bewusstlos.

Der Form halber lehnte Amar sich noch einmal vor und bespuckte den Soldaten seinerseits.

Seso öffnete das Tor zum Tempel, aber bevor sie es passierten, fasste Amar den dunklen Hünen an der Schulter.

„Bist du ganz sicher?“, fragte er Seso.

Dieser nickte Dastan zu. „Ich schulde dem Jungen was.“

Amar war skeptisch. „Du bist ein Ngbaka, die Geißel der numidischen Ebene! Dieses ganze Ehrgefasel, das ist doch nicht wirklich unsere Kragenweite.“

Seso lachte und legte Amar auch eine Hand auf die Schulter. „Hat dir schon einmal jemand gesagt, dass du zu viel redest, mein Freund?“

Sie sahen sich an und brachen in Gelächter aus. Sie hatten so viele Abenteuer miteinander bestanden – dass dieses ihr letztes werden könnte, schreckte sie nicht.

Seso lief die Rampe empor, die zum Großen Tempel führte. Schnell und wendig passierte er die Gänge, bis er vor der Tür des Heiligtums stand.

Er sah auf seinen Messergürtel. Dort steckten nur noch zwei Messer. Er atmete tief durch und stürmte in die geheime Kammer.

Keine Spur von dem Hassansin. Der Dolch

aber lag auf einem reich geschmückten Podest in der Mitte des Raums.

Als er darauf zuging, hörte er das Zischen der tödlichen Stacheln des Hassansins in der Luft.

Mit großem Geschick gelang es Seso, die Stacheln mit einem Messer abzuwehren.

Der Hassansin trat nun vor bis zur Mitte des Raums. Ein paar Säulen boten Seso vorübergehend Schutz, aber beim Podest gab es gar keine Deckung mehr. Er hatte keine Wahl. Also sprintete er auf den Dolch los und wich dem zweiten Ansturm der Stacheln aus, so gut er konnte.

Dann warf Seso sein letztes Messer – und traf sicher ins Ziel.

Der Hassansin war besiegt – aber Seso war auch verletzt. Er würden den anderen nicht mehr folgen können.

Er schleppte sich zum Podest und holte den Dolch herunter. Dann schleuderte er ihn mit all seiner verbliebenen Kraft durch das offene Fenster.

Der Dolch schien ewig weiterzufliegen, bis er endlich in einem Baum steckenblieb. Und wie immer landete Sesos Wurf punktgenau.

Neben dem Baum stand Amar und sah überrascht auf. Er zog den Dolch aus dem Baumstamm und reichte ihn Dastan.

„Habe ich dir schon von den Ngbaka erzählt?“, fragte Amar.

Dastan nickte. „Das habt Ihr.“

Scheich Amar lächelte stolz. Doch das war ja erst Teil eins ihres Plans. Nun musste Dastan den Dolch auch noch Tus zeigen und ihn überzeugen, dass Nizam hinter dem Verrat steckte.

„Ich hoffe, dein Bruder hört auf dich, Perser“, sagte Amar. „Wenn nicht, dann kostet uns das beide den Kopf.“

Dastan nickte stumm.

Tamina half ihm dabei, sich in dem Palast zurechtzufinden, der so lange ihr Zuhause gewesen war. Tus war nicht da, als sie an sein Quartier kamen. Tamina versteckte sich draußen auf dem Balkon, während Dastan auf die Rückkehr seines Bruders wartete.

* * *

„Hallo, Bruder", begrüßte Dastan Tus, als er eintrat.

„Dastan!", rief Tus überrascht.

Die königliche Leibgarde war bereit, Dastan zu ergreifen.

„Wir müssen reden", verlangte Dastan.

„Dann rede."

Dastan sah ihn fest an. „Allein."

Tus wandte sich an seine Wachen. „Wartet vor der Tür."

Die Männer gehorchten, und der König sah seinen Bruder wachsam an.

„Alamut hat niemals Waffen an unsere Feinde verkauft", begann Dastan. „Das war eine Lüge, die unser Onkel Nizam sich ausgedacht hatte."

Tus schüttelte ungläubig den Kopf. „Nizam? Du bist ja verrückt. Was hätte er davon?"

„Unter den Straßen dieser Stadt wohnt eine uralte göttliche Macht", erklärte Dastan. „Der sagenhafte Sand der Zeit. Nizam will die

Geschichte verändern und die Zeit zurückdrehen, um sich selbst zum König zu machen."

„Abergläubisches Gerede, Dastan", sagte Tus abfällig.

„Ich habe diese Macht mit eigenen Augen gesehen", versicherte Dastan ihm eindringlich und hielt den Dolch fest umklammert. „Nizam hat entdeckt, wo der Sand ist. Wenn wir ihn nicht aufhalten, bedeutet das das Ende für die Welt, wie wir sie kennen."

„Wenn du mich töten willst, tu es am besten gleich", forderte Tus ihn mit Blick auf den Dolch auf.

Dastan schüttelte den Kopf. „Das hier ist keine gewöhnliche Waffe", sagte er. „Drück auf den Edelstein am Griff, und du siehst es selbst."

Dastan wusste nicht, ob die paar Sandkörner im Griff noch ausreichen würden. Aber er musste es versuchen.

„Ich hätte das gleich tun sollen", fuhr er fort. „Noch bevor wir diese Stadt überfallen haben."

„Wovon sprichst du?“, fragte Tus alarmiert.

Dastan erinnerte sich daran, was sein Vater ihm über wahrhaft große Männer und die Entscheidung, das Richtige zu tun, gesagt hatte.

„Ganz gleich, mit welchen Folgen“, erinnerte er sich selbst und stieß sich den Dolch ins eigene Herz. Er fiel auf die Knie und spuckte Blut.

Sein Bruder stand still vor Schreck, und draußen unterdrückte Prinzessin Tamina einen Entsetzensschrei.

Da stürzte Nizam in den Raum.

„Er hat sich das Leben genommen“, murmelte Tus verwirrt.

„Dann mag der Seele dieses Verräters im Jenseits Gnade widerfahren“, antwortete Nizam, „denn er wählte den Weg der Feiglinge.“

Tus sah seinen Onkel an und dachte daran, was Dastan ihm erzählt hatte. Er sah Dastan an und auch den glänzenden Griff des Dolches.

„Wir wissen beide, dass Dastan vieles war", sagte Tus dann, „aber gewiss kein Feigling!"

Er nahm den Dolch in die Hand und drückte auf den Edelstein. Die Welt um ihn herum blieb stehen und drehte sich rückwärts. Verblüfft beobachtete Tus, wie Nizam wieder aus dem Raum verschwand und Dastan wieder zum Leben erwachte.

Das letzte Sandkorn fiel in dem Moment, als Dastan sich den Dolch ins Herz stoßen wollte.

„Ganz gleich, mit welchen Folgen", sagte er noch einmal.

Doch bevor er den Dolch in seiner Brust versenken konnte, fiel Tus ihm in den Arm.

„Gerade eben bist du vor meinen Augen gestorben", stammelte Tus.

Dastan sah, dass der Dolchgriff leer war. Erleichtert lächelten die Brüder sich an.

„Am Tag, an dem wir in den Krieg zogen", sagte Tus, „sagte mir unser Vater noch, ein wahrer König erwägt den Rat anderer, aber er hört auf das eigene Herz." Über sich selbst enttäuscht schüttelte er den Kopf. „Ich hätte einen solchen Beweis von dir nicht nötig haben sollen, kleiner Bruder. Danke, dass du mich daran erinnerst, was Mut ist."

Dastan lächelte und umarmte Tus. Aber da kam wieder Nizam in den Raum und betrachtete die beiden feindselig. „Ich sehe, dass Dastan tatsächlich zurückgekehrt ist", sagte er.

Dann bemerkte er den Dolch in Dastans Händen und den Zorn in Tus' Augen. Ohne jede Vorwarnung zog Nizam sein Schwert und hieb damit auf Tus ein. Dastan schrie auf, als der Dolch dabei herunterfiel und über den Boden glitt.

Dastan hechtete hinterher, aber aufheben konnte ihn schließlich der Hassansin, der Nizam gefolgt war.

„Armer Tus, so wild auf die Krone", höhnte Nizam und nahm dem Hassansin den Dolch ab. „Und du, Dastan, wie du immer ritterlich zur Stelle bist, stets bereit, dir selbst zu beweisen, dass du mehr bist als der Abschaum, den der König vor zwölf Jahren von der Straße geklaubt hat. Was sind wir nur für ein Haufen!"

„Ja, das Band zwischen Brüdern ist wohl nicht länger das Schwert, das unser Reich beschützt", bedauerte Dastan. Nizam ignorierte den jungen Prinzen. Er verließ mit dem Dolch den Raum, und der Hassansin blieb zurück, um Dastan zu töten.

Aber Nizam wusste nicht, dass Tamina draußen zur Stelle war. Als der Hassansin auf Dastan losging, schrie sie „NEIN!", was den Auftragsmörder ablenkte und Dastan etwas Zeit zum Handeln verschaffte. Dastan hielt den Hassansin fest und benutzte das einzige Ding in seiner Reichweite als Waffe – Prinz Tus' Gebetsperlen.

KAPITEL 15

Dem Hassansin entkommen, waren Tamina und Dastan nun hinter Nizam her.

„Die Wächter haben Geheimgänge unter der Stadt angelegt, von denen aus man unbemerkt zur Sanduhr kommt“, erklärte sie, als sie Dastan eine dunkle Treppe hinabführte. Bei einer Wandschnitzerei hielt sie an. Sie betätigte dahinter eine Art Hebel, der eine verborgene Tür öffnete.

„Wenn wir schnell genug sind“, sagte Tamina, „können wir vor Nizam dort sein.“

Tamina führte ihn weiter durch einen engen Gang, durch den beide kaum hindurchpassten. Es war sehr dunkel; man konnte kaum die eigene Hand vor Augen erkennen.

Auf einmal erschütterte ein Erdbeben die Stadt.

„Sind die Grabungen schuld daran?", fragte Dastan.

Tamina schüttelte den Kopf.

„Es sind die Götter", erwiderte sie. „Nizam muss die Kammer der Sanduhr aufgebrochen haben. Dann ist er fast da."

Sie liefen weiter, und die Dunkelheit wich einer riesigen Kammer mit einem Boden aus Goldsand. Dieser Sand war weich und glatt, und in der Mitte der Kammer war eine goldene Kuppel.

„Das bringt uns zur Kammer der Sonnenuhr", erklärte sie.

Plötzlich bewegte sich der Boden unter ihren Füßen. Er schien sich ihnen zu entziehen. Bevor er wusste, wie ihm geschah, rutschte Dastan schon mit dem Sand wie auf einer Ozeanwelle.

Tamina gelang es, auf die goldene Kuppel zu springen. Aber als sie nach Dastans Hand griff, war es zu spät. „Dastan!“, schrie sie verzweifelt, als er aus ihrem Blickfeld verschwand. Immer tiefer und tiefer rutschte der Sandboden, bis sich Dastan schließlich an einem Vorsprung festhalten konnte. Mit all seiner Kraft zog er sich auf die nächste unterirdische Verbindungsebene hinauf.

Kurz mussten sich seine Augen an die Dunkelheit gewöhnen. Dann sah er Dinge, die er noch nie zuvor gesehen hatte: eine uralte verborgene Stadt, in deren Mitte zwischen Pyramiden eine Grube lag.

Als er darauf zuging, sah er gerade noch rechtzeitig eine Sandviper, die ihn auch prompt angriff. Dastan konnte sie mit seinem Schwert in der Luft abfangen.

Er blickte sich unruhig nach dem Besitzer der Schlange um. Einen Moment lang sah er nichts. Dann spürte er etwas hinter sich und wirbelte herum, während der Hassansin sich bereits auf ihn stürzte.

Er schwenkte zwei riesige Zahnklingen aus Stahl. Dastan wehrte sie mit dem Schwert ab. Sie konnten zwischen den Pyramiden aber nur schwer kämpfen, denn jede falsche Bewegung hätte zum Sturz in die Grube führen können.

Der Hassansin konnte Dastan gegen eine Mauer drängen, und Dastan musste das Schwert fallen lassen, um die Klinge seines Gegners mit beiden Händen von seiner Kehle fernzuhalten.

Beim Kämpfen wanderte Dastans Blick zu den kalten toten Augen des Hassansins … und von dort weiter zu seinen Ärmeln, aus denen gerade eine weitere Sandviper kroch.

Dastan hatte nichts mehr, um sie abzuwehren.

Die Viper züngelte und zischte, als sie auf Dastan zukroch. In Erwartung ihres tödlichen Bisses schloss der Prinz die Augen.

Doch der kam nicht.

Als Dastan die Augen öffnete, sah er, dass Tamina die Viper mit aller Kraft festhielt. Mit einem gewaltigen Schrei warf sie die Schlange mit aufgerissenem Maul dem Hassansin direkt ins Gesicht.

Der wich zurück und stürzte in den Abgrund.

„Tamina!", rief Dastan, der kaum glauben konnte, was geschehen war.

Zur Antwort zog sie ihn zu sich heran und küsste ihn leidenschaftlich. Als sie sich aber wieder aus der innigen Umarmung lösten, gaben Taminas Knie nach, und Dastan musste sie auffangen, damit sie nicht fiel.

Da entdeckte er die zwei Bissmale auf ihrem Handgelenk.

„Die Viper!", keuchte er.

Tamina nickte. Als sie Dastan rettete, war sie von der Giftschlange gebissen worden. Er wollte Hilfe holen, aber es blieb ihm keine Zeit. Ihre Kraft schwand.

„Wenn der Hassansin hier ist …", flüsterte sie.

„… ist auch Nizam nicht weit", vollendete Dastan ihren Satz.

Schwach hob sie die Hand und deutete auf einen Gang, an dessen Ende strahlendes Licht schien.

Dieses Leuchten war ihm nun schon vertraut. Es war der leuchtende Sand der Zeit.

KAPITEL 16

Mit Tamina im Arm folgte Dastan dem Gang bis in die Sanduhrkammer.

Die Sanduhr der Götter war ein prächtiges Gebilde. Hoch türmte sie sich über ihm auf. Ihr weißer Sand ließ ein ungewöhnliches Licht entstehen, das in der Luft zu tanzen schien. Als Dastan genauer hinsah, konnte er in dem Glas verschwommene Spiegelbilder der Zeit erkennen – kurze Ausschnitte seines Lebens.

Dann sah er Nizam, den der Anblick ebenso gefangen nahm und der noch nicht bemerkt hatte, dass Dastan auch dort war. Dastan beobachtete ihn. So kurz vor Vollendung seiner dunklen Mission war sein Gesichtsausdruck fanatisch und halb wahnsinnig. Erst als Nizam den Dolch hochhielt und ihn in die Sanduhr stoßen wollte, kam Dastan mit gezogenem Schwert aus dem Schatten hervor.

„Du hast deine Familie auf dem Gewissen!“, erklärte er voller Verachtung.

Im Schatten verborgen sah auch Tamina zu. Die Reinheit ihres Geistes verlieh ihr Kraft beim Kampf ihres Körpers gegen das Gift der Viper. Ihr Herz sehnte sich nach Dastan und entsetzte sich beim Anblick Nizams.

Nizam grinste. „Ich dachte zuerst, es könnte schwierig werden“, bemerkte er höhnisch. „Aber dann war es doch nicht so. Genau wie bei jedem anderen Krieg.“

„Sharaman war dein Bruder!“, schrie Dastan ihn an.

„Und mein Fluch“, gab der zurück. „Kennst du das? Egal, welche Länder ihr einnehmt, welchen Ruhm du für dein Land erntest, wenn ihr einen Raum betretet, dann sind aller Augen auf den Mann neben dich gerichtet.

Und dabei weißt du, hättest du ihn an diesem Tag vor vielen Jahren einfach sterben lassen, wärst du jetzt an seiner Stelle!"

Dastan griff seinen Onkel mit dem Schwert an. Es gelang ihm, sich den Dolch zu erkämpfen. Dann hob er das Schwert, um Nizam zu töten. „Ich hab zu dir aufgesehen!" In der Stimme des Prinzen lag Verachtung.

Dastan zögerte noch einen Moment – einen Moment zu lange. Nizam zog eine versteckte Klinge aus seinem Gewand und fügte dem Prinzen eine tiefe Bauchwunde zu.

Dastan sackte auf dem Boden zusammen.

„Mir war noch nie klar, wie mein Bruder solchen Abschaum hierherbringen konnte", sagte Nizam angewidert. „Viel Spaß in der Gosse, Dastan, denn woanders wirst du unter meiner Regentschaft nicht leben können."

Nizam nahm den Dolch und stieß ihn in die Sanduhr der Götter. Er drückte auf den Knopf im Griff, und ein Sandstrom ergoss sich durch den Griff. Die Welt um sie herum blieb stehen und begann rückwärtszulaufen.

„Nizam!“, warnte Dastan den alten Mann. „Versuch nicht, deine Vergangenheit zu ändern. Du entfesselst damit …“

Doch Nizam war nur noch von Hass erfüllt und stieß den Dolch weiter ins Glas.

Dastan nahm all seine verbleibende Kraft zusammen und versuchte, Nizam den Dolch zu entreißen. Die Sanduhr bekam tiefe Risse.

Bilder der Vergangenheit flogen an ihnen vorbei: Nizam hetzte die Prinzen auf. Nizam verschwor sich mit den Hassansinen. Immer weiter lief die Zeit zurück, nun schrie Sharaman auf in dem vergifteten Gewand.

Nizam grinste teuflisch, und Dastan spürte brennende Wut in sich aufsteigen, die ihm neue Kraft verlieh. Er zog den Dolch aus der Sanduhr und nahm ihn Nizam aus der Hand.

Die Zeit hörte auf, rückwärtszulaufen, und die Risse im Glas schlossen sich wieder. Aber der Sand, der schon herausgerieselt war, strömte nun immer weiter und schwoll zur Sandflut an. Bald wurden Nizam und Dastan von ihr erfasst und fortgerissen.

EPILOG

Als der Sandsturm sich legte, war Dastan nicht mehr unter der Stadt, sondern stand auf der Straße. Nizam war fort. Zumindest der Nizam, der sich an die letzten Ereignisse in der Sanduhrkammer erinnern würde, war fort.

Die Sandflut hatte aufgehört, aber Dastan war in der Zeit so weit zurückgereist, dass er sich wieder mitten in der Schlacht um Alamut befand. Eben hatte er den Krieger Asoka besiegt und den Dolch entdeckt.

Dastan dachte an all das Leid, das er durchlebt hatte. Er war dem Bösesten begegnet, wozu die Menschen nur fähig waren. Er hatte in Tamina eine Schönheit, Kraft und Liebe gefunden, die er sich nie hätte träumen lassen. Er hatte dem Tod so oft ins Auge gesehen und doch überlebt. Und nun waren all diese Momente ausgelöscht aus der Geschichte der Welt. Niemand wusste, dass sie je geschehen waren.

Außer Dastan.

Trotz all der Probleme, die sie ihm gebracht hatten, hatten diese Ereignisse ihn doch nie geschwächt. Sie hatten ihn stärker gemacht. Er konnte der Zukunft nun nicht nur als ein guter Mann entgegensehen – sondern als ein großer Mann.

Er freute sich darauf, Tamina wieder zu begegnen.

Bald würde er Nizam als Verräter enttarnen und seine Brüder und seinen Vater endlich wieder in die Arme schließen.

Er war der Prinz von Persien.

Das Schwert blieb stark.